야간 비행

야간 비행

앙투안 드 생텍쥐페리 지음 | 윤정임 옮김

더클래식

| 차례 |

서문

항공사들이 직면한 문제는 다른 운송 수단들의 속도와 경쟁하는 일이었다. 이 책에서 훌륭한 상관의 모습으로 그려지고 있는 리비에르는 그 점에 대해 이렇게 설명하고 있다. '우리에게 그것은 사활이 걸린 문제다. 우리는 낮 동안에 철도와 선박에 비해 앞섰던 것을 매일 밤 까먹기 때문이다.' 처음에는 강력한 비난에 부딪혔다가 나중에야 받아들여진 야간 비행은 초창기의 여러 위험을 겪어 낸 후에야 현재와 같이 실행되고 있다. 그것은 이 소설이 집필되던 시점에도 여전히 매우 모험적인 일이었다. 뜻밖의 일들이 산재한 항로의 가늠할 수 없는 위험에다 믿기 힘든 밤의 신비 또한 보태

졌기 때문이다. 물론 큰 위험들이 여전히 남아 있기는 하지만, 매번 새로운 비행이 항로를 수월하게 하여 다음번 비행을 좀 더 안전하게 한다는 점을 우선 지적하고 싶다. 미지의 땅을 탐색하는 일과 마찬가지로 비행에도 최초의 영웅적인 시대가 있었다. 그 같은 하늘의 선구자 중 한 사람의 비극적 모험을 그리고 있는《야간 비행》은 자연스레 서사시의 분위기를 띠고 있다.

나는 생텍쥐페리의 첫 작품인《남방 우편기》도 좋아하지만,《야간 비행》을 더 좋아한다. 어느 비행사의 추억을 강렬하고 정밀하게 기록한《남방 우편기》는 감상적인 줄거리가 섞여 있어서 우리를 주인공과 더욱 친밀하게 해 준다. 사랑에 몹시 민감한 인물인 그 주인공을 우리는 인간적이며 상처받기 쉬운 사람이라고 느끼는 것이다.《야간 비행》의 주인공은 인간성을 상실하지는 않았지만 확실히 초인간적인 미덕으로 올라서고 있다. 나는 이 가슴 떨리는 이야기에서 무엇보다 그의 고귀함에 마음이 간다. 우리는 인간의 나약함, 포기, 타락 같은 것들을 익히 알고 있으며, 오늘날의 문학은 그런 것들을 들추어내는 일에만 지나치게 능란하다. 하지만 무엇보다 우리에게 보여 주어야 할 것은 긴장된 의지에서 얻게 되는 바로 그 자기 초월이다.

비행사의 모습보다 더욱 놀랍게 다가온 것은 그의 상관인 리비에르의 모습이다. 리비에르는 직접 행동하지는 않는다. 그는 비행사들을 행동하게 하고 그들에게 자신의 미덕을 불어넣으며 최선을 요구하고 위업을 강요한다. 그의 냉혹한 결정은 허약함을 용인하지 않는다. 그리고 그는 조그만 실수도 처벌한다. 처음에는 그의 엄격함이 비인간적이고 지나치게 보일 수도 있다. 하지만 그 엄격함이 적용되는 곳은 인간 자체가 아니라 인간의 결함이며, 리비에르는 그것을 공들여 단련시키려고 한다. 이렇게 묘사된 인물을 통해 우리는 작가가 감탄하는 것이 무엇인지 느끼게 된다. 나는 특히 심리학적으로 대단히 중요해 보이는 역설적인 진실을 밝혀 준 점에 대해 작가에게 고마움을 느낀다. 인간의 행복은 자유가 아니라 의무의 수용에 있다는 진실 말이다. 이 책의 인물들 각자는 자신이 해야 하는 일, 그 위험천만한 임무에 헌신하고 있고, 오직 그 일의 완수 안에서만 행복한 휴식을 찾아내는 것이다. 그리고 리비에르는 냉혈한 사람이 결코 아니며(사라진 조종사의 아내가 찾아왔을 때 그녀를 맞이하는 장면의 이야기는 그 무엇보다 감동적이다.) 조종사들에게 명령을 내리는 일은 그 명령을 실행하는 조종사들보다 더 많은 용기를 필요로 하는 일임을 알 수 있다.

그는 다음과 같이 말한다. "사랑받으려면 동정심만 가져도 된다. 하지만 나는 동정심이 거의 없거나 그런 마음을 숨긴다. (……)이따금 그런 나의 힘에 놀라곤 한다." 그리고 "자네가 명령을 내리는 사람들을 사랑하게. 하지만 그걸 말로 하지는 말아야 해." 라고 말하고 있다.

리비에르를 지배하는 것은 의무감이다. '의무에 대한 막연한 감정, 그것은 사랑하는 감정보다 더 위대하다.' 인간은 자신의 목적을 절대 자기 자신 안에서 찾지 못한다는 것, 하지만 뭔지 모를 것에 복종하고 희생하며 그것이 그를 지배하고 그것에 의해 살아간다는 것. 그리고 나는 여기서 내 작품에 등장하는 프로메테우스에게 "나는 인간을 사랑하지 않는다, 나는 인간을 고통스럽게 하는 것을 사랑한다." 라고 역설적으로 말하게 했던 그 '모호한 감정'을 다시 발견할 수 있어 기쁘다. 이것은 모든 영웅주의의 원천이다. '우리는 무엇인가 가치 면에서 인간적 삶을 넘어서는 것처럼 행동한다고 리비에르는 생각한다……. 하지만 그래서 어쩌라는 건가?' 또는 '어쩌면 구해 내야 할 무엇, 좀 더 영속적인 무언가가 존재할 것이다. 어쩌면 리비에르가 일하는 것은 바로 인간의 그 부분을 구해 내야 하기 때문이다.'라고 저자는 말하고 있다. 우리도 이러한 진실을 의심하지는 말자.

과학자들이 끔찍하게 예견하는 앞으로의 전쟁에서는 남성적 미덕이 아무런 쓸모가 없어질 것이다. 그리하여 영웅주의의 개념이 탈영에로 기울어지는 그런 시대에, 용기라는 것이 가장 훌륭하고 가장 유용하게 펼쳐지는 것을 볼 수 있는 곳은 비행이 아닐까? 무모할 수도 있는 일들이 지휘 체계를 갖춘 임무에서는 그렇지 않게 된다. 끊임없이 목숨의 위협을 느끼는 조종사는 우리가 일상적으로 말하는 '용기'라는 관념에 대해 미소를 지을 어떤 권리가 있다. 생텍쥐페리는 내가 오래전에 그에게서 받은 편지를 여기에 인용하더라도 이

해해 줄 것이다. 그것은 그가 카사블랑카와 다카르 간의 운행 조건을 확보하기 위해 모리타니아 상공을 비행하던 시절의 편지다.

"나는 언제 돌아갈지 모르겠네. 몇 달 전부터 일이 아주 많아. 실종된 동료들을 추적하고, 반란 지역에 추락한 비행기들을 구조하고, 때로는 다카르행 우편기도 조종해야 한다네."

"얼마 전에 작은 쾌거를 이루어 냈어. 비행기 한 대를 구조하기 위해 열한 명의 무어인과 기술자 한 명과 함께 이틀 동안 밤낮을 함께했지. 다양한 종류의 심각한 상황들이 있었어. 난생처음으로 내 머리 위에서 총알이 날아다니는 소리를 듣기도 했지. 나는 이런 상황에 처해 있는 나의 모습이 어떤지를 체험했어. 나는 무어인들보다 훨씬 차분했어. 또한 나는 늘 의아스럽던 사실을 이해하게 되었지. 왜 플라톤(아니 아리스토텔레스인가?)은 용기를 미덕의 가장 끄트머리에 놓았을까 하는 문제 말이야. 용기는 아주 아름다운 감정들로 이루어진 것이 아니네. 약간의 분노, 약간의 허영심, 대단한 고집, 그리고 스포츠를 즐길 때의 통속적인 쾌감이 거기 있지. 무엇보다 육체적 힘을 증진시킨다든가 하는 일은 용기와 아무 상관이 없어. 윗도리를 풀어헤치고 팔짱을 낀 채 편히 숨 쉬는 거야. 그러면 한결 상쾌해지지. 밤에 그런 일이 벌어지면 거대한 바보짓을 해냈다는 감정이 섞여 들곤 하네. 이제 나는 그저 용감하기만 한 사람은 더 이상 칭찬하지 않을 거야."

나는 퀸튼의 책(그 책에 전적으로 동의하지는 않지만)에서 발췌한 경구를 내가 인용한 이 편지의 제사(題詞)로 쓸 수도 있을 것이다. '우리는 사랑을 숨기듯 용기를 감춘다.' 아니 '선량한 사람들이 자신의 온정을 감추듯이 용감한 사람들은 자신의 공적을 감춘다.'라고 말하는 편이 더 낫겠다.

생텍쥐페리의 모든 이야기는 그가 그것에 대해 '제대로 잘 알고' 하는 이야기이다. 빈번한 위협을 직접 마주했던 그의 개인적인 삶은 흉내 낼 수 없는 진정성의 묘미를 그의 책에 부여해 준다. 우리는 전쟁 이야기와 상상적 모험을 다룬 수많은 책들을 알고 있다. 이따금 저자의 유연한 솜씨가 드러나는 작품도 있지만, 진정한 모험가와 투사들이 읽으면 실소를 짓게 되는 그런 책들도 있다. 내가 그 문학적 가치를 찬탄해 마지않는 이 책은 다른 한편 자료의 가치 또한 갖고 있으며, 분리할 수 없이 밀접하게 연결된 두 가지 장점은《야간 비행》에 각별한 중요성을 부여하고 있다.

앙드레 지드

1

비행기 아래로 내려다보이는 야산들은 황금빛 저녁노을 속에 짙은 그림자를 뱃길처럼 새겨 넣고 있었다. 들판을 환히 비추는 저녁노을은 쉽게 사그라질 것 같지 않았다. 겨울이 다 가도록 눈이 쌓여 있듯, 이곳의 들판에는 저녁노을이 오래도록 물들어 있었다.

남극 지방에서 부에노스아이레스를 향해 파타고니아선(線) 우편기를 몰고 오던 조종사 파비앵은 고요한 구름이 만드는 적막과 가벼운 굴곡을 타고 저녁이 항구 주변의 잔물결처럼 다가오고 있음을 알아차렸다. 그는 거대하고 행복한 정박지로 들어서고 있었다.

그는 문득 자신이 그 적막 속에서 양치기처럼 천천

히 산책을 하고 있는 듯한 생각이 들었을 것이다. 파타고니아의 양치기들은 서두르지 않고 이리저리 양 떼들 사이를 걸어 다닌다. 한 마을에서 다른 마을로 옮겨 다니는 파비앵은 작은 마을들을 지키는 양치기인 셈이다. 두 시간마다 그는 강가로 물을 마시러 가거나 들판에서 풀을 뜯는 양 떼를 마주치곤 했다.

이따금 바다보다 인적이 드문 초원을 몇 백 킬로미터씩 지나다 보면 외딴 농가를 만나기도 하는데, 농가는 마치 출렁이는 초원의 물결 속에 인간의 삶을 싣고 뒤로 휩쓸려 가는 배처럼 보였다. 그럴 때면 그는 비행기 날개를 움직여 그 배에게 인사를 했다.

'산 훌리안이 시야에 들어옴. 십 분 후 착륙하겠음.'

무선기사가 항로의 모든 무전국에 통보했다.

마젤란 해협에서 부에노스아이레스까지 2,500킬로미터에 이르는 항로에는 이와 비슷한 비행장들이 일정한 간격으로 죽 늘어서 있었다. 그중에서도 이 비행장은 마치 아프리카에서 최후로 정복된 촌락이 신비 속에 있듯, 밤의 경계선 위에 펼쳐져 있었다.

무선기사가 조종사에게 종이쪽지 한 장을 건넸다.

'뇌우가 심해서 수신기에 잡음뿐입니다. 산 훌리안에서 자고 갈까요?'

파비앵은 미소를 지었다. 하늘은 어항처럼 고요했고, 그들 앞에 펼쳐진 모든 기항지의 비행장들은 '하늘 맑음. 바람 없음.'이라는 신호를 보내왔다.

그는 대답했다.

"계속해서 갑시다."

무선기사는 과일 속의 벌레처럼 하늘 저 어딘가에 뇌우가 자리 잡고 있을 것이라는 생각이 들었다. 밤은 아름답지만 언제든지 망쳐질 수 있었다. 그는 부패의 기운이 감도는 어둠 속으로 들어서는 것이 영 내키지 않았다.

파비앵은 산 훌리안을 향해 엔진 속도를 낮추면서 피로를 느꼈다. 인간의 삶을 부드럽게 하는 모든 것들, 예를 들어 집이나 작은 카페, 길가의 나무들이 그를 향해 점점 크게 다가왔다. 그는 마치 정복을 끝내고 저녁이 되어 자신이 획득한 제국의 영토를 내려다보며 인간들의 소박한 행복을 발견하는 정복자 같았다. 파비앵은 이제 그만 무기를 내려놓고 무거운 몸과 근육을 살피고 싶었다. 인간은 가난 속에서도 넉넉한 마음으로 살아가기 마련이니, 이제부터는 그저 소박하게 창문 밖으로 변함없는 풍경을 바라보며 살고 싶었다. 그는 이런 조그만 마을이라도 좋을 것 같았다. 인간은 일단 선택하고 나면 삶이 빚어내는 우연에 만족하며 그곳을 사랑하는 법이니까. 그것은 사랑처럼 우리를 가두어 놓는다. 파비앵은 이 마을에서 오래도록 살면서 이곳의 영원성의 한 부분이 되고 싶었다. 왜냐하면 지금껏 그가 한 시간씩 머물렀던 작은 마을들과 그가 횡단했던 낡은 담장으로 둘러싸인 정원들이 그와는 상관없이 영원할 것처럼 보였기 때문이다.

마을은 비행기를 향해 솟아올라 그의 앞에 펼쳐졌다. 파비앵은 우정에 대해서, 다정한 소녀들에 대해서, 하얀 식탁보 사이의 친밀함에 대해서, 영원한 것으로 길들여질 그 모든 것들에 대해서 생각했다. 그동안 마을은 비행기 날개에 닿을 듯 지나갔고, 더 이상 담장의 보호를 받지 못하는 정원의 신비는 그대로 드러났다. 하지만 착륙하고 나서 그는 돌담 사이를 천천히 걸어

가던 몇몇 사람들 외에 아무도 보지 못했다는 사실을 떠올렸다. 마을은 그 오롯한 부동성으로 은밀한 열정을 지켜내며, 마을의 온화함을 내어 주기를 거부했다. 그가 이 마을의 온화함을 얻어 내려면 비행이라는 행동을 포기해야만 했다.

십 분 후, 파비앵은 다시 비행을 시작했다.

그는 산 훌리안을 돌아보았다. 그곳은 이제 단 한 줌의 빛에 불과했고, 곧 이어 하나의 별로, 그러다 마침내 먼지로 흩어지며 마지막으로 그를 유혹했다.

'이젠 계기판이 보이지 않는군. 불을 켜야겠어.'

그는 스위치를 만졌다. 하지만 조종석의 붉은 램프는 푸르스름한 대기에 희석되어 아직 계기판의 바늘이 잘 드러나지 않았다. 그는 전구 앞에 손가락을 가져갔다. 붉은 빛이 손가락을 겨우 물들일 정도였다.

'너무 이르군.'

그럼에도 밤은 어두운 연기처럼 피어올라 이미 계곡을 가득 메웠다. 더 이상 계곡과 들판이 구별되지 않았다. 마을은 벌써 불을 밝혀 별 무리처럼 서로 화답하고 있었다. 그 역시 표지등을 깜빡거려 마을에 응답했다. 등대가 바다를 향해 불을 밝히듯 집들이 저마다 거대한 밤을 향해 별처럼 불을 밝히자 대지는 온통 서로를 부르는 불빛으로 뒤덮였다. 인간의 삶을 뒤덮고 있던 모든 것들이 반짝이기 시작했다. 파비앵은 밤으로 들어서는 것이 마치 포근하고 아름다운 항구로 들어서는 것 같아 감탄스러웠다.

그는 조종석에 머리를 파묻었다. 계기판 바늘에 형광빛이 감돌기 시작했다. 조종사는 숫자들을 차례차례 점검하며 자신이 창공에 견고하게 자리하고 있다는 사실에 만족스러웠다. 그는 강철 버팀대를 손가락으로 만지며 그 금속 덩어리 속에 생명이 있다는 것을 느꼈다. 금속은 진동하는 것이 아니라 살아 있기 때문이다. 500마력의 엔진이 이 물체 속에 아주 부드러운 전류를 흐르게 하고, 그것은 얼음처럼 차가운 금속을 벨벳처럼 부드러운 살로 변화시킨다. 다시 한번 조종사는 비행하는 동안 현기증이나 도취가 아닌, 살아 있는 육체의 신비로운 활동을 체험했다.

자신의 세계를 재구성한 그는 그 안에 편안하게 자

리 잡기 위해 팔꿈치를 움직여 보았다. 그는 배전판을 두드려 보고, 스위치를 하나하나 만져 보았다. 그리고 몸을 조금 움직여 등을 편안히 기대어 움직이는 밤이 엄호해 주고 있는 이 5톤짜리 금속 물체의 흔들림을 가장 잘 느낄 수 있는 자세를 찾았다. 그러고 나서 비상 램프를 손으로 더듬어 제자리에 밀어 놓고, 그것을 손에서 놓았다가 다시 찾아보면서 램프가 미끄러지지 않는다는 것을 확인하고 손에서 놓았다. 레버들을 하나씩 건드려 보고, 어둠 속에서도 확실하게 잡을 수 있도록 손가락을 훈련시켰다. 손가락이 충분히 그것을 숙지했을 때 램프를 하나 켜서 정확한 계기들로 조종석을 정비했다. 그리고 잠수하듯 밤으로 진입하는 것을 오로지 계기판으로만 살펴보았다. 마침내 자이로스코프와 고도계, 엔진 회전 속도가 일정하게 유지되자 그는 기지개를 켜고 가죽 의자에 목을 기댄 후 형언할 수 없는 희망을 맛보게 되는 비행이라는 것에 대해 깊은 명상을 시작했다.

이제 그는 한밤중의 야경꾼처럼 밤이 보여 주는 인간의 모습들, 그 부름들, 그 불빛들, 그 초조함 같은 것들을 발견한다. 어둠 속에서 반짝이는 저 소박한 별 하나는 외딴 집 한 채다. 불빛이 꺼지면 집은 자신의 사랑 속에 갇힌다. 또는 근심 속에 갇힌다. 그 집은 이제 세상과의 교신을 그치게 된다. 식탁의 등불 앞에 앉은 저 농부들은 자신이 무엇을 바라는지 알지 못한다. 그들은 그들의 욕망이 이 거대한 밤 속에 이렇게 멀리까지 와 닿는 줄 모른다. 하지만 파비앵은 1,000킬로미터나 떨어진 곳에서 날아오는 동안 극심한 격랑 속에서 비행기가 살아 숨 쉬듯 요동칠 때, 전쟁터 같은 열 번의 뇌우를 건너고, 그 뇌우 틈새에서 비치는 달빛을 지나올 때, 그리하여 승리감에 젖어 그 불빛들 하나하나에 다가섰을 때 그들의 욕망을 발견한다. 저 농부들은 자신들의 등불이 초라한 식탁을 비출 뿐이라고 생각하지만, 80킬로미터 거리에 떨어져 있는 곳에서는 그것이 마치 누군가가 무인도에서 바다를 향해 절망적으로 흔들어 대는 등불처럼 보여 그 불빛의 부름에 감동받는 것이다.

2

파타고니아선, 칠레선, 파라과이선 우편기는 각각 남쪽, 서쪽 그리고 북쪽에서 부에노스아이레스를 향해 돌아오고 있었다. 이곳에서는 자정 무렵에 출발하는 유럽행 비행기가 우편기들이 싣고 오는 우편물을 기다렸다.

세 명의 조종사들은 거룻배처럼 무거운 엔진 커버 뒤 어둠 속에서 골똘하니 자신들의 비행에 대한 생각에 잠겨 있었다. 이제 그들은 산악 지방에서 내려오는 농부들처럼, 폭우가 몰아치기도 하고 평화롭기도 한 하늘로부터 거대한 도시를 향해 천천히 내려올 것이다.

항로의 전체 책임자인 리비에르는 부에노스아이레스의 착륙장 이곳저곳을 서성거렸다. 그는 말이 없었다. 세 대의 비행기가 도착할 때까지는, 그날 하루가 그에게 여전히 불안한 날이었기 때문이다. 시시각각 전보가 도착할 때마다 그는 운명으로부터 무언가를 떼어 내어 미지의 몫을 줄이고, 자신의 승무원들을 어둠으로부터 해변까지 무사히 이끌어 온다는 생각을 했다.

인부 한 사람이 무전국의 메시지를 전하러 다가왔다.

"칠레선 우편기가 부에노스아이레스의 불빛을 알아보았답니다."

"알았네."

리비에르는 이제 곧 그 비행기 소리를 들을 것이다. 밀물과 썰물 그리고 신비로 가득한 바다가 그토록 오랫동안 흔들어 대던 보물을 해변에 드러내 놓듯이, 밤은 벌써 비행기 한 대를 내어 주고 있었다. 그리고 조금 있으면 다른 두 비행기도 밤으로부터 건네받을 것이다.

그러면 오늘 하루는 해결될 것이다. 지친 승무원들은 자러 갈 것이고, 그들이 있었던 자리는 활기찬 승무원들로 대체될 것이다. 하지만 리비에르에게는 잠시의 휴식도 없다. 이번에는 유럽선 우편기가 그에게 걱정을 가득 실어 줄 것이기 때문이다. 언제나 이런 식이리라, 언제나. 생전 처음 이 노익장의 투사는 자신이 지쳐 있다는 사실에 놀랐다. 비행기의 도착은 전쟁을 종식하고 행복한 평화의 시대를 여는 그런 승리가 결코 아니다. 그는 단지 이제부터 걸어야 할 천 걸음에 앞선 한

걸음을 떼어 놓았을 뿐이다. 리비에르는 자신이 오래 전부터 긴장된 두 팔로 굉장히 무거운 짐을 들어 올리고 있는 것처럼 느껴졌다. 그것은 휴식도 희망도 없는 노력이었다. '나는 늙어 가고 있다…….' 자신의 유일한 행동에서 더 이상 자신의 양식을 찾아내지 못한다면 그것은 늙어 가고 있다는 뜻이다. 그는 한 번도 제기해 보지 않았던 문제들을 깊이 생각하고 있는 스스로가 놀라웠다. 그리고 자신이 늘 피해 왔던 그 부드러운 덩어리가 우수에 젖은 속삭임과 함께 그에게 되돌아왔다. 잃어버린 대양처럼. '그러니까 그 모든 것이 이토록 가까이 있었던가?' 그는 인간의 삶을 행복하게 해 주는 것들을 늙어서 '시간이 날 때'로 조금씩 밀쳐 내고 있었다는 사실을 깨달았다. 언젠가는 정말로 시간이 날 것처럼, 삶의 끝에 이르면 상상해 오던 그 다행스러운 평화를 얻어 낼 것처럼. 하지만 평화란 없다. 아마 승리도 없을 것이다. 모든 우편기의 최종적인 도착이란 없다.

리비에르는 작업 중이던 늙은 정비 감독 르루 앞에 멈춰 섰다. 르루 역시 40년째 일해 오고 있다. 그는 자신의 일에 모든 것을 바쳐 왔다. 밤 열 시가 넘어, 또는 자정에 그가 집으로 돌아간다 하더라도 그에게 새로운 세계나 도피처가 펼쳐지는 것은 아니었다. 리비에르는 그에게 미소를 지었다. 르루는 무거운 얼굴을 들어 올리며 파란색 회전축 하나를 가리켰다.

"너무 꽉 끼어 있어서 좀 풀어 놨어요."

리비에르는 회전축 쪽으로 고개를 숙였다. 직업의식이 다시 그를 사로잡았다.

"이 부품들을 좀 헐겁게 맞춰 놓으라고 작업반에게 말해야겠네."

리비에르는 윤활유 자국을 손으로 더듬은 다음 다시 르루를 바라보았다. 깊게 팬 주름을 보자 야릇한 질문이 입가에 떠올랐다. 그는 미소를 지으며 물었다.

"르루, 자네는 살아오면서 사랑에 빠진 일이 많은가?"

"아! 사랑이라…… 소장님도 아시다시피……."

"자네도 나와 같군, 시간이 없었지."

"그리 많지는 않았죠."

리비에르는 그의 목소리에 귀를 기울였다. 대답에 씁쓸함이 실려 있는지 알아보려고. 그러나 목소리에 슬픈 빛은 없었다. 이 남자는 자신의 과거 앞에서, 이제

막 아름다운 판자 하나를 말끔하게 다듬어 낸 뒤 "자, 다됐습니다." 라고 말하는 목수처럼 평온한 만족을 누리고 있었다.

'그래, 내 삶도 다되었다.'라고 리비에르는 생각했다.

그는 피곤함이 가져다준 침울한 생각들을 모두 밀쳐내고 격납고 쪽으로 발걸음을 옮겼다. 칠레선 비행기가 요란한 소리를 내고 있었기 때문이다.

3

멀리서 들리던 엔진 소리는 점점 더 묵직해지면서 무르익어 갔다. 조명등이 여기저기 켜졌다. 붉은 항공표지등이 격납고와 무전탑과 네모난 착륙장의 모습을 드러냈다. 축제가 준비되고 있었다.

"도착!"

비행기는 벌써 탐조등의 빛살 속으로 굴러 들어오고 있었다. 무척이나 번쩍거려서 마치 새 비행기 같았다. 비행기가 격납고 앞에 멈추고 기계공들과 정비사들이 서둘러 우편물을 내려놓고 있는 동안에도 조종사 펠르랭은 꼼짝하지 않았다.

"아니, 내리지 않고 뭐하세요?"

알 수 없는 일에 몰두해 있던 조종사는 선뜻 대답을 하지 않았다. 어쩌면 아직도 그의 귀 안에는 온갖 소음들이 가득할지도 모른다. 그는 천천히 고개를 끄덕이더니 몸을 앞으로 숙여 무언가를 만지작거렸다. 그는 마침내 상사들과 동료들 쪽으로 몸을 돌리더니 마치 자신의 소유물을 보듯 그들을 엄숙히 바라보았다. 그는 사람들의 수를 세고 평가하고 가늠하는 듯했다. 그는 자신이 이 사람들과 축제의 장소 같은 이 격납고와 이 단단한 시멘트를, 저 멀리 분주하게 움직이는 도시와 그곳의 여인들과 열기를 되찾았다고 생각했다. 그들을 만질 수도 있고, 그들의 소리를 들을 수도 있고, 그들에게 욕설을 퍼부어 댈 수도 있었기에. 그는 우람한 두 손으로 사람들을 마치 신하라도 되는 듯 움켜쥐었다. 처음에 그는 그들에게 달구경이나 하며 평온하게 살고 있다고 욕을 해 줄 생각이었다. 하지만 그는 유순한 사람이었다.

"술이나 한잔 사세요!"

그리고 그는 비행기에서 내렸다.

그는 자신의 비행에 대해 이야기하고 싶었다.

“어땠는지 말도 마십쇼!”

하지만 그만해도 충분하다는 생각이 들었던지 그는 비행복을 벗으러 자리를 떠났다.

펠르랭은 침울한 감독관과 말없는 리비에르와 함께 자동차를 타고 부에노스아이레스로 가는 길에 돌연 서글퍼졌다. 위험한 일을 잘 처리하고 단단한 땅 위에 다시 두 발로 서서 악의 없는 욕설을 건강하게 내뱉을 수 있다는 것은 멋진 일이었다. 얼마나 강렬한 기쁨인가! 하지만 곧이어 기억을 더듬어 보자 알 수 없는 의혹이 일었다.

태풍 속의 사투, 그것은 명백한 사실이었다. 하지만 사물들의 모습, 그 사물들이 홀로 있다고 생각될 때의 모습은 그렇지 않았다.

‘정말이지 반란과 같았어. 희끄무레하기만 하던 모습들이 그렇게 바뀌다니!’

펠르랭은 당시 상황을 떠올리려고 안간힘을 썼다,

그는 평온하게 안데스 산맥을 넘어오고 있었다. 겨울 눈은 폐허가 된 성에 머물고 있는 오랜 세월처럼 산맥 위를 평화롭게 지배하고 있었다. 눈은 거대한 산들을 평화롭게 만들었다. 눈으로 뒤덮인 200킬로미터의 산길에는 사람 하나, 생명의 숨결 하나, 어떤 흔적조차 없었다. 다만 고도 6,000미터의 그곳에는 깎아지른 산봉우리, 병풍처럼 둘러싸인 가파른 암석, 숨 막힐 듯한 정적만이 있었다.

그곳은 투풍가토 봉우리 근처였다…….

그는 생각을 곱씹어 보았다. 그렇다, 그가 기적을 목도한 곳은 바로 그곳이었다. 처음에 그는 아무것도 보지 못했다. 그저 원인 모를 불안한 느낌만 들었을 뿐이다. 그것은 마치 혼자 있다고 생각했으나 누군가 바라보고 있는 그런 느낌이었다. 그는 뒤늦게, 그리고 영문도 모른 채 자신이 분노에 휩싸여 있다는 것을 깨달았다. 도대체 그 분노는 어디에서 비롯한 것일까?

그것이 자신을 둘러싼 바위들에서, 흰 눈에서 비롯한 것이라는 것을 그는 무슨 수로 짐작이나 할 수 있었을까? 아무것도 그를 위협하지 않았다. 불길한 돌풍의 기미도 느껴지지 않았다. 그때, 별다를 바 없는 부동의 세계 하나가 솟아나고 있었다. 펠르랭은 설명할 수 없는 비통한 심정으로, 때 묻지 않은 산봉우리를, 그 능선들을, 잿빛이 도는 산마루들을 바라보았다. 그것들은 군중처럼 살아 움직이기 시작했다.

싸워야 할 일도 없는데, 그는 조종석 제어 장치를 두 손으로 꽉 쥐었다. 그가 알지 못하는 무언가가 일어나려고 하고 있었다. 그는 곧 뛰어오를 짐승처럼 근육을 팽팽하게 긴장시켰다. 하지만 눈에 보이는 것은 모두 고요하기만 했다. 그렇다, 고요했다. 그것은 이상한 힘이 실린 고요함이었다.

순간, 모든 것이 날카로워졌다. 그를 둘러싼 능선들과 산봉우리들이 날카로워졌다. 그것들은 마치 뱃머리처럼 거친 바람을 뚫고 나아가는 듯했다. 그리고 그 뱃머리들은 거대한 함선이 전투를 위해 진열을 짜듯이 회오리를 일으키며 그의 주변을 표류하는 듯했다. 곧이어 먼지가 휘날렸다. 먼지들은 훨훨 날아올라 베일처럼 눈송이들을 감싸고 부유했다. 그제야 퇴각할 출구를 찾기 위해 뒤를 돌아본 그는 극심하게 몸을 떨었다. 뒤에는 안데스 산맥 전체가 요동치고 있었다.

'이제 죽었구나.'

전방의 산봉우리 하나에서 눈이 솟구쳤다. 그것은 눈을 뿜는 화산 같았다. 오른쪽의 다른 산봉우리에서도 눈이 솟구쳤다. 모든 산봉우리들은 보이지 않는 어떤 주자가 연달아 불을 붙인 듯 하나씩 차례로 불길에 휩싸였다. 그때, 주변의 산봉우리들이 소용돌이치며 휘청거렸다.

격렬한 행동은 거의 흔적을 남기지 않았다. 그는 자신을 휘감았던 거대한 돌풍에 대한 기억을 더 이상 찾아낼 수 없었다. 단지 그 잿빛의 불길 속에서 맹렬히 사투를 벌였던 것만 기억날 뿐이었다.

그는 생각에 잠겼다.

'태풍, 그건 아무것도 아니다. 목숨은 건질 수 있다. 하지만 바로 그 직전! 태풍과 맞닥뜨리는 그 순간만은!'

그는 수많은 것들 중에서 어떤 한 모습을 알아보았다고 생각했지만, 그것을 이미 잊어버리고 말았다.

4

리비에르는 펠르랭을 바라보았다. 이십 분 후면 펠르랭은 차에서 내려 피로감과 갑갑한 심정으로 사람들 속으로 섞여 들 것이다. '정말 피곤하다…… 지독한 직업이다!' 그리고 그는 자기 아내에게 '안데스 산맥보다는 여기가 훨씬 좋아.'라는 식의 이야기를 털어놓을지도 모른다. 하지만 펠르랭은 사람들이 그토록 매달리는 그 모든 것에 거의 초연해졌다. 그것의 하찮음을 이제 막 느끼고 왔기 때문이다. 그는 불빛 찬란한 이 도시를 다시 볼 수 있을지 모른 채 다른 세상에서 몇 시간을 보내다 온 것이다. 귀찮지만 소중한 어린 시절의 여자 친구들, 자신의 사소한 인간적 결점을 되찾을 수 있을는지도 알 수 없었다. 리비에르는 생각했다. '군중 속에는 분간할 수는 없으나 특별한 사명을 띤 비범한 사람들이 있다. 그들 자신은 그 사실을 모른다. 어떤 일이 벌어지지 않는 한…….' 리비에르는 몇몇 숭배자들을 두려워했다. 그들은 모험의 신성한 성격을 이해하지 못하며, 그들의 감탄사는 모험의 의미를 왜곡하고 인간을 축소시킨다. 그러나 펠르랭은 어느 날 언뜻 엿보게 된 그 세상의 가치에 대해 누구보다 잘 깨닫고 있으며, 저속한 찬사들을 묵직한 경멸로 물리칠 수 있는 겸손한 태도를 지님으로써 자신의 위대함을 지켜내고 있었다. 그래서 리비에르는 펠르랭을 칭찬했다.

"어떻게 해냈나?"

그는 대장장이가 모루에 대해 말하듯 펠르랭이 직업과 자신의 비행에 대해 단순하게 이야기하는 모습을 좋아했다.

펠르랭은 우선 끊어진 퇴로를 설명했다. 그는 용서라도 구하듯 말했다.

"선택의 여지가 없었어요."

눈 때문에 더 이상 앞을 볼 수 없는 상황에서 마침 거센 기류가 일어나 비행기가 7,000미터 상공으로 떠올랐고, 그는 살아났다.

"횡단하는 내내 능선에 바짝 붙어 비행해야 했어요."

그는 자이로스코프의 통풍구 위치를 바꿔야 했던 이야기도 했다. 눈 때문에 입구가 막혀 버렸던 것이다.

"얼어붙어서 빙판이 되었거든요."

나중에는 다른 기류가 불어와 펠르랭을 아래로 곤두박질치게 했고, 고도 3,000미터쯤 내려갔을 때 자신이 어떻게 그때까지 아무것에도 부딪히지 않았는지 이해할 수 없었다고 했다. 그는 이미 들판 위를 날아가고 있었다.

"청명한 하늘에 들어서고 나서야 그 사실을 갑자기 깨달았어요."

그리고 바로 그 순간 비로소 동굴에서 빠져나온 느낌이 들었다고 했다.

"멘도사에서도 폭풍이 있었나?"

"아니요, 맑은 하늘에 바람 한 점 없을 때 착륙했어요. 하지만 폭풍은 아주 가까이 뒤쫓아 오고 있었어요."

그는 '이상한' 그 폭풍에 대해 설명했다. 폭풍의 정점은 아주 높이 눈구름 속에 있었는데, 그 기저는 검은 용암처럼 들판 위를 휘돌고 있었다. 폭풍은 도시들을 하나씩 삼켰다.

"그런 건 생전 처음 봤어요……."

그리고 그는 어떤 기억에 사로잡힌 듯 입을 다물었다.

리비에르는 감독관을 돌아보았다.

"태평양에서 온 태풍인데, 나중에야 통고를 받았네. 그런 태풍들은 결코 안데스 산맥을 넘어오지 않거든."

태풍이 동쪽을 향해 계속해서 뒤쫓아 올 줄은 아무도 예상할 수 없었다. 거기에 대해 아무것도 모르는 감독관은 그저 고개만 끄덕였다.

감독관은 머뭇머뭇하며 펠르랭을 돌아보았다. 목울대가 움직였지만 입은 다물고 있었다. 그는 생각에 잠겨 있다가 자기 앞을 똑바로 응시하며 우울한 위엄을 되찾았다.

그는 짐 가방처럼 우울을 지고 다녔다. 전날 밤, 분명치 않은 용무로 리비에르의 호출을 받고 아르헨티나에 도착한 그는 자신의 커다란 두 손과 감독관으로서의 위엄이 곤혹스러웠다. 그에게는 환상이나 능변을 칭찬할 권리가 없었다. 그는 오직 임무에 따른 정확성만 칭찬해야 했다. 그는 술 한잔 마실 수도 없고, 동료들과 편하게 말을 놓을 수도 없었다. 어쩌다 우연히 같은 기항지에서 다른 감독관을 만나지 않는 이상 험담을 늘어놓을 권리도 없었다.

'감독관이 된다는 건 어려운 일이야.'

사실, 그는 감독하는 것이 아니라 그저 고개만 끄덕였다. 아무것도 모르기 때문이다. 그는 자신이 맞닥뜨린 모든 일에 천천히 고개를 끄덕였다. 그의 그런 태도는 양심 없는 사람들을 불안하게 하여 그들이 장비를 잘 다루도록 하는 데 기여했다. 그는 그다지 사랑받지 못했다. 감독관이란, 달콤한 사랑을 위해서가 아니라 보고서를 작성하기 위해 창안된 직책이기 때문이다. 그는 리비에르로부터 다음과 같은 글을 받은 후로 새로운 방법과 기술적 해결책을 제시하는 일을 포기했다. '부탁하건대, 로비노 감독관은 시가 아니라 보고서를 제출해 주시기 바랍니다. 로비노 감독관은 직원의 열의를 자극함으로써 본인의 능력을 만족스럽게 사용하도록 하십시오.' 그때부터 그는 자신의 일용할 양식인 양 직원들의 과실을 파고들었다. 술을 마시는 기계공에게, 밤을 꼬박 새우는 비행장 주임에게, 매끄럽게 착륙하지 못하는 조종사에게 말이다.

리비에르는 그에 대해 이렇게 말했다.

"그는 아주 똑똑하지는 않지만, 그래서 큰 도움이 되지."

리비에르가 세워 놓은 규칙이 그 자신에게는 인간을 아는 일이었지만, 로비노에게는 그저 규칙을 아는 일일 따름이었다. 언젠가 리비에르는 그에게 말한 적이 있다.

"로비노, 이륙 시간을 지체한 모든 사람들에게는 정근 수당을 취소해야 하네."

"불가항력인 경우에도요? 안개 때문이라든가……."

"안개 때문이라도."

로비노는 부당한 처사를 걱정하지 않아도 될 만큼 강경한 상사를 둔 것에 대해 자부심 같은 것을 느꼈다. 게다가 그 자신도 그토록 공격적인 권력에서 약간의 위엄을 이끌어 냈다. 나중에 그는 비행장 주임들에게 이런 말을 되풀이했다.

"여섯 시 십오 분에 출발 신호를 내렸으니 수당은 지불할 수 없어요."

"하지만 로비노 씨, 다섯 시 삼십 분에는 10미터 앞도 보이지 않았어요."

"규칙이 그렇습니다."

"하지만 로비노 씨, 우리가 안개를 걷어 낼 수는 없잖습니까!"

로비노는 모호한 태도로 상황을 회피해 버렸다. 그는 집행부의 일원이었다. 팽이처럼 돌아가는 사람들 중에서 오직 그만이 비행 시간을 향상시키는 방법을 알고 있었다.

"그는 아무 생각이 없어. 그러니 잘못된 생각조차 할 수 없지."

리비에르가 그에 대해 말하곤 했다.

기체를 파손한 조종사는 무사고 수당을 받지 못한다.

"기체 고장이 숲속에서 일어나면요?"

로비노가 물었다.

"숲에서도 마찬가지야."

그리고 로비노는 리비에르의 말을 따랐다.

나중에 그는 활기찬 열정으로 조종사들에게 이렇게 말했다.

"유감입니다. 정말로 미안한 일이지만 다른 곳에서 고장이 났어야 합니다."

"그렇지만 로비노 씨, 그건 우리가 선택하는 게 아니잖아요!"

"규칙이 그렇습니다."

'규칙이란 종교의 의례와 유사해서, 부조리해 보이지만 그것이 인간을 만들어 가지.' 리비에르는 자신이 정당해 보이는가 부당해 보이는가 하는 것은 고민하지 않았다. 그런 말들은 그에게 아무 의미도 없었다. 작은 도시의 소시민들은 저녁이면 야외 음악당 주위를 서성였고, 리비에르는 그들을 보며 생각했다. '저들에 대해 정당하다거나 혹은 부당하다고 하는 말은 아무 의미가 없다. 저들은 실존하지 않으니까.' 그에게 인간이란 반죽해야 할 천연 밀랍이었다. 그 질료에 영혼을 불어넣고 의지를 만들어 주어야 했다. 그 같은 엄격함으로 그들을 구속하려는 것이 아니라, 그들을 그들 자신으로부터 벗어나게 해야 한다고 생각했다. 사정을 감안하지 않고 모든 착륙 지연을 단죄하는 일은 부당한 처사일 것이다. 하지만 그렇게 함으로써 착륙 시간을 지키려는 의지를 정시 이륙에 이어지도록 할 수 있다. 그는 바로 그런 의지를 만들어 냈다. 흐린 날씨를 휴식에의 권유처럼 즐기려는 것을 허용하지 않음으로써 숨 돌릴 틈을 주지 않았고, 이륙 지연은 가장 말단의 잡역부까지도 은밀한 모욕으로 느끼게 했다. 그리하여 꽉 막힌 하늘에 조금이라도 틈이 보이면 당장 지시를 내렸다.

"북쪽 길 뚫림. 출발!"

리비에르 덕분에 그들은 15,000킬로미터에 이르는 전체 항로에서 우편기를 아끼는 마음이 으뜸이었다.

리비에르는 이따금 말했다.

"저 사람들은 행복해. 자기들이 하는 일을 좋아하기 때문이야. 그리고 그들은 내가 엄격하기 때문에 그 일을 좋아하는 거야."

그는 그들을 괴롭히기도 했지만 그들에게 강렬한 기쁨 또한 선사했다.

'그들을 강렬한 삶으로 밀어붙여야 해. 그것은 고통과 기쁨을 불러오지만 그런 삶만이 중요하지.'

자동차가 시내로 들어서자 리비에르는 회사 사무실로 향했다. 펠르랭과 단둘이 남은 로비노는 펠르랭을 향해 말을 걸기 위해 입을 열었다.

5

그날 저녁 로비노는 지쳐 있었다. 그는 승리자 펠르랭 앞에서 자신의 삶이 우중충하다는 것을 깨달았다. 감독관이라는 지위와 권위에도 불구하고, 피곤으로 기진맥진하여 자동차 한구석에 무너지듯 앉아 있는, 감은 두 눈과 시커먼 기름투성이 손을 가진 이 남자에 비해 자신이 별로 가치가 없다는 것을 깨달았다. 처음으로 로비노는 감탄하는 마음이 우러났다. 그는 그것을 말로 표현하고 싶었다. 무엇보다 우정을 얻어 내고 싶었다. 그는 그날의 여정과 실패로 지쳐 있었다. 자신이 조금 어리석다는 느낌마저 들었다. 그는 그날 저녁 유류 저장량을 확인하는 과정에서 계산을 틀렸다. 그래서 그가 적발하려던 중개상이 오히려 그를 측은히 여기며 계산을 마무리해 주었다. 무엇보다도 그는 B6형의 휘발유 펌프를 B4형으로 혼동하여 야단쳤던 것이다. 의뭉스러운 기계공들은 이십 분 동안이나 로비노가 제 자신의 무지를, '변명할 여지 없는 무지'를 드러내며 그들을 야단치도록 내버려 두었다.

그는 자신의 호텔 방도 두려웠다. 툴루즈에서 부에노스아이레스에 이르는 동안 일이 끝나면 그는 어김없이 호텔 방으로 돌아갔다. 무거운 마음의 비밀과 함께 그곳에 틀어박혔고, 가방에서 한 묶음의 종이를 꺼내 천천히 '보고서'를 적어 나갔으며, 대담하게 몇 줄을 써 내려가다가 죄다 찢어 버리곤 했다. 그는 회사를 중대한 위기에서 구해 내고 싶었을 것이다. 하지만 회사는 어떤 위기도 겪고 있지 않았다. 이제까지 그는 프로펠러 중앙 부분에 발생한 녹 외에는 거의 아무것도 구해 내지 못했다. 그는 비행장 주임이 보는 앞에서 참담한 표정으로 그 녹을 손가락으로 문질러 댔다. 그러자 비행장 주임은 다음과 같이 답했다.

"이전 착륙지에 보고하십시오. 이 비행기는 방금 거기서 도착했거든요."

로비노는 자신의 역할에 회의가 들었다.

그는 용기를 내어 펠르랭에게 가까이 다가갔다.

"나랑 같이 저녁 식사를 하겠소? 이야기를 좀 나누고 싶거든요……. 내 직업이 때로는 너무 고되어서……."

그러더니 너무 급히 추락하지 않으려고 말을 고쳤다.

"내가 책임져야 할 일이 너무 많아요!"

부하 직원들은 좀처럼 로비노의 사생활에 끼어들고 싶어 하지 않았다. 모두들 이렇게 생각했던 것이다.

'보고서를 작성할 거리를 아직 찾지 못했다면 허기진 상태로 날 잡아먹으려 들겠지?'

하지만 그날 저녁의 로비노는 오직 자신의 비참함만을 생각하고 있었다. 자신의 유일한 진짜 비밀인, 성가신 습진에 시달리는 몸에 대해 이야기하고 동정받고 싶었다. 그리고 자존심으로는 찾아내지 못한 위로를 겸손함으로 구하고 싶었으리라. 그는 프랑스에 애인도 하나 두고 있었다. 출장에서 돌아가는 밤마다 그녀에게 자신의 감독관 업무에 관해 들려주었다. 그녀의 경탄을 불러일으켜 자기를 사랑하게 만들고 싶어서 그랬던 것인데, 그게 오히려 그녀의 반감을 샀다. 그래서 그 애인에 관한 이야기도 좀 하고 싶었다.

"어때요, 나랑 저녁 드시겠소?"

펠르랭은 선선히 수락했다.

6

리비에르가 부에노스아이레스의 사무실로 들어섰을 때 직원들은 졸고 있었다. 항상 외투와 모자를 착용하고 있는 그의 모습은 영원한 여행자 같았다. 작은 체구라 거들먹거리지도 않았고, 희끗희끗한 머리칼과 평범한 복장은 어떤 배경에도 잘 어울렸기에 어디를 가도 거의 눈에 띄지 않았다. 그렇지만 어떤 열의 같은 것이 사람들을 자극했다. 직원들은 동요했고, 실장은 다급하게 방금 도착한 서류들을 열람했다. 여기저기 타자기 두드리는 소리가 들려왔다.

전화 교환원은 교환기에 접속선을 꽂고 두툼한 장부에 전보문을 받아 적었다.

리비에르는 자리에 앉아 전보를 읽었다.

칠레선의 시련도 마무리된 터라, 그는 다행스러운 마음으로 하루의 일지를 다시 읽어 보았다. 사태는 잘 정리되었고, 차례차례 각 기항지에서 보내온 메시지들은 간결한 승전보였다. 파타고니아 우편기 역시 빠르게 전진하고 있었다. 예정 시간보다 조금 앞서 있었는데, 바람이 남쪽에서 북쪽으로 바뀌면서 비행에 유리한 기류를 만들어 주었기 때문이다.

"기상전보를 가져다주게."

공항마다 맑은 날씨와 청명한 하늘, 순풍을 자랑하고 있었다. 황금빛 저녁이 아메리카 대륙을 물들였다. 리비에르는 순조로운 진행 상황이 만족스러웠다. 지금 파타고니아 우편기는 어딘가에서 한밤중의 모험을 겪으며 싸우고 있겠지만 조건은 최상이었다.

리비에르는 장부를 밀어 놓았다.

"됐어요."

그리고 세계의 절반을 감시하는 밤의 파수꾼으로서 업무를 살펴보기 위해 밖으로 나왔다.

그는 열린 창문 앞에서 멈춰 서 밤을 이해하고 있었다. 부에노스아이레스를 감싸고 있던 밤은 교회당의 거대한 홀처럼 아메리카 대륙을 감싸고 있었다. 그는 그 웅장함에 놀라지 않았다. 칠레의 산티아고 하늘은 낯선 하늘이지만, 일단 우편기가 산티아고를 향해 움직이면 항로의 한끝에서 다른 끝까지 동일한 깊이의 궁륭 아래를 날아가게 된다. 지금 무전국의 수신

자들은 또 다른 우편기의 소리에 귀를 기울이고 있다. 그리고 파타고니아의 어부들은 그 우편기의 측면 불빛이 반짝이는 것을 보고 있다. 비행 중인 우편기에 대한 근심이 리비에르를 짓누를 때, 그것은 또한 엔진의 굉음과 함께 여러 도시와 지방을 짓누르고 있는 것이다.

구름이 걷혀 다행스러운 이 밤에 리비에르는 혼란스러웠던 밤들을 떠올렸다. 비행기가 위험에 처해 있었지만 구조가 어려웠던 밤들을. 부에노스아이레스의 무전국에서는 뇌우 소리에 섞여 버린 비행기의 신음 소리를 추적하고 있었다. 그 귀중한 음파는 둔탁한 잡음 아래로 사라져 버렸다. 밤의 장막을 향해 눈먼 화살처럼 내던져진 우편기의 음울한 노래 소리는 얼마나 괴롭던지!

리비에르는 철야 근무 시 감독관이 있어야 할 자리는 사무실이라고 생각했다.

"로비노를 찾아오게."

로비노는 조종사 하나를 자기 친구로 만들려던 참이었다. 그는 호텔에서 조종사가 보고 있는 가운데 자신의 가방을 풀어헤쳤다. 그는 가방에서 감독관도 다른 사람과 별다를 게 없다는 것을 보여 주는 자잘한 물건들을 꺼냈다. 형편없는 안목의 와이셔츠 몇 벌과 세면도구 그리고 야윈 여자의 사진. 감독관은 그 사진을 벽에 붙였다. 그런 식으로 그는 펠르랭에게 자신의 욕구와 애정과 후회에 대해 소박한 고백을 한 셈이었다. 자신의 보물들을 하찮은 순서로 정렬해 놓던 그는 조종사에게 자신의 참담한 상태를 펼쳐 보였다. 정신적인 습진. 그는 자신의 감옥을 드러내 보였다.

하지만 모든 사람들처럼 로비노에게도 작은 빛 하나는 존재했다. 그는 가방 밑바닥에서 포장된 조그만 주머니를 조심스럽게 꺼내면서 마음이 굉장히 온유해지는 것을 느꼈다. 그는 아무 말 없이 한동안 그것을 만지작거렸다. 그러더니 마침내 두 손을 풀며 말했다.

"이건 사하라에서 가져온 겁니다……."

감독관은 용기를 내어 속내를 선뜻 털어놓았다는 사실에 얼굴을 붉혔다. 그는 신비를 향해 문을 열어 주던 이 작고 거무스름한 돌멩이들에게서 자신의 실패와 불운한 결혼 생활과 그 모든 무미건조한 진실을 위로받았다.

그는 얼굴을 좀 더 붉히며 말했다.

"똑같은 게 브라질에도 있죠……."

펠르랭은 전설 속의 아틀란티스를 향해 고개를 숙이고 있는 감독관의 어깨를 톡톡 두드렸다. 그리고 조심스럽게 물었다.

"지질학을 좋아하세요?"

"내 열정의 대상이죠."

인생에서 돌들만이 그에게 온순했다.

로비노는 자신을 호출하는 전화가 왔을 때 서운했지만 곧 의연해졌다.

"가 봐야겠네요. 리비에르 씨가 뭔가 중대한 결정 때문에 저를 찾는군요."

로비노가 사무실에 들어섰을 때 리비에르는 그를 까맣게 잊고 있었다. 그는 회사의 항로가 붉은색으로 그려진 벽면의 지도 앞에서 생각에 잠겨 있었다. 감독관은 그의 명령을 기다렸다. 한참 시간이 지난 후 리비에르는 고개를 돌리지 않은 채 그에게 물었다.

"로비노, 이 지도에 대해 어떻게 생각하나?"

이따금 그는 몽상에서 벗어나 수수께끼 같은 질문을

던졌다.

“소장님, 이 지도는…….”

사실 감독관은 그것에 대해 아무 생각이 없었다. 하지만 진지한 태도로 지도에 시선을 고정시키고 유럽과 아메리카를 대강 살펴보았다. 리비에르는 로비노에게 아무 대꾸도 하지 않은 채 자신의 상념을 이어 갔다. ‘이 항로는 아름답지만 가혹해. 우리에게서 많은 사람들, 수많은 젊은이들을 앗아갔으니. 확립된 권위로 인정받고는 있지만, 얼마나 많은 문제를 일으키는가!’ 그렇지만 리비에르에게는 무엇보다 목표가 최우선이었다.

그 옆에서 여전히 자기 앞의 지도에 시선을 박고 있던 로비노는 조금씩 기운을 회복했다. 그는 리비에르에게서 어떤 동정심도 기대하지 않았다. 한번은 자신의 인생을 망친 우스꽝스러운 신체적 결함을 고백하며 그런 기회를 얻어 보려고 한 적이 있다. 리비에르는 그에게 농담으로 대꾸했다.

“그것 때문에 잠을 못 잔다면, 그 덕분에 일은 더 많이 할 수 있을 걸세.”

그것은 뼈 있는 농담이었다. 리비에르는 언제나 곧

잘 이렇게 말했다.

"음악가의 불면증이 아름다운 작품을 만들어 낸다면, 그건 훌륭한 불면증일 테지."

언젠가 그는 르루를 가리키며 로비노에게 말했다.

"저것 좀 보게, 얼마나 멋진가, 사랑을 물리쳐 버리는 저 추한 모습 말일세……."

르루의 모든 위대함은 자신의 삶을 오로지 일에만 몰두하게 만든 그의 볼품없는 외모에 있는지도 모른다.

"펠르랭과는 많이 친해졌소?"

"그게……."

"비난하려는 게 아닐세."

리비에르는 몸을 반쯤 돌리더니 고개를 숙이고 천천히 걸으면서 로비노를 이끌었다. 그의 입에 서글픈 미소가 걸렸다. 로비노는 이해할 수 없었다.

"단지…… 자네는 상관이라는 말이네."

"그렇죠."

로비노가 대답했다.

그러니까 리비에르는 매일 밤 하늘에서 하나의 행동이 드라마처럼 서로 얽혀 벌어진다고 생각했다. 의지의 굴절은 실패로 이어질 수 있고, 그러면 그날 하루 지상에서는 한참을 고생해야 할 것이다.

"자네는 자네 역할에 충실해야 하네."

리비에르는 자신의 말에 힘을 실었다.

"어쩌면 내일 밤에라도 자네는 그 조종사에게 위험한 출발 명령을 내려야 할지도 모르네. 그리고 그는 복종해야지."

"네……."

"자네는 사람들의 목숨, 자네보다 더 가치 있는 사람들의 목숨을 좌지우지하고 있어……."

그는 주저하는 듯 보였다.

"그건 아주 중대한 일이지."

리비에르는 여전히 좁은 보폭으로 걸으면서 잠시 입을 다물었다.

"조종사들이 우정 때문에 자네에게 복종하게 된다면, 자네는 그들을 속이는 게 되지. 자네에게는 그 어떤 희생도 요구할 권리가 없으니까."

"그렇죠, 물론이죠."

"그리고 그들이 자네의 우정을 빌미로 하기 싫

은 어떤 고역을 면제받을 거라고 생각한다면 자네는 또 그들을 속이는 걸세. 그들은 복종해야 할 테니까. 자, 거기 앉게."

리비에르는 부드러운 손길로 로비노를 자기 책상 쪽으로 밀었다.

"로비노, 자네를 제 위치로 돌려 놓겠네. 자네가 지칠 때 자네를 붙들어 줄 사람은 그들이 아니야. 자네는 상관일세. 자네의 나약함은 어리석어. 자, 받아 적게."

"저는……."

"받아 적으라고. '감독관 로비노는 이러저러한 이유로 조종사 펠르랭에게 이러저러한 처벌을 내림…….' 이유는 아무거나 찾아보게."

"하지만 소장님!"

"로비노, 내 말을 이해했다면 그렇게 하게. 자네가 명령을 내리는 사람들을 사랑하게. 하지만 그걸 말로 하지는 말아야 해."

로비노는 다시금 열정적으로 프로펠러 회전축 청소를 명령하게 될 것이다.

무전국에서 비상 착륙 소식이 전해졌다.

'비행기 보임. 감속하고 착륙 예정이라는 신호 옴.'

적어도 삼십 분은 허비하게 될 것이다. 리비에르는 고속 열차가 선로 위에 정지하고 있을 때, 시간이 지나도 들판을 벗어나지 못할 때의 그 답답한 느낌을 알고 있다. 시계의 큰바늘은 이제 죽은 공간을 그려 내고 있었다. 벌어진 그 시곗바늘 안에 수많은 사건들이 자리할 것이다. 리비에르는 기다림을 줄여 보려고 밖으로 나갔다. 밤은 배우 없는 극장처럼 텅 빈 듯했다. '이런 밤을 놓쳐 버리는구나!' 그는 창문을 통해 별들이 가득한 구름 걷힌 하늘, 신성한 항공 표지, 그렇게 탕진해 버린 밤에 떠 있는 노란 달을 분한 마음으로 바라보았다.

하지만 비행기가 이륙하는 순간, 그 밤은 리비에르에게 더더욱 감동적이고 아름다웠다. 밤은 제 허리에 생명을 지고 있었다. 리비에르는 그 생명을 보살폈다.

"날씨는 어떤가?"

그는 무전으로 승무원에게 물었다.

십 초 뒤에 답신이 왔다.

'쾌청.'

그런 다음 조종사가 통과한 몇 개의 도시 이름이 전해졌다. 리비에르에게 그것은 그날 밤의 전투에서 함락된 도시들의 이름이었다.

7

한 시간 후, 파타고니아 우편기의 무선기사는 자신의 어깨가 부드럽게 위로 쳐들리는 것을 느꼈다. 그는 주위를 둘러보았다. 짙은 구름에 별들의 반짝임이 다 꺼져 버렸다. 그는 땅 쪽으로 몸을 숙여 보았다. 풀밭에 숨어 빛을 발하는 벌레들 같은 마을의 불빛들을 찾아보았다. 하지만 그 어두운 풀밭에서는 아무것도 반짝이지 않았다.

그는 그날 밤의 고난을 예상하고 기분이 침울해졌다. 전진과 후퇴를 거듭하며 이미 확보한 영토를 되돌려 주어야 했다. 그는 조종사의 전술을 이해하지 못했다. 더 멀리 가다가는 두터운 밤의 장벽에 부딪힐 것만 같았다.

지금 그는 전방의 지평선 가까이에서 제철소 화덕의 불빛처럼 반짝거리는 무언가를 발견했다. 무선기사가 파비앵의 어깨를 툭 쳤다. 하지만 그는 꼼짝도 하지 않았다.

뇌우의 첫 번째 돌풍이 비행기를 공격했다. 부드럽게 쳐들린 금속 덩어리가 무선기사의 몸을 짓누르는 듯하다가 이내 잠잠해졌다. 어둠 속에서 그는 몇 초 동안 홀로 부유했다. 그제야 그는 강철 버팀대를 두 손으로 움켜쥐었다.

조종석의 붉은 전구 외에는 아무것도 알아볼 수 없었다. 그는 오직 그 작은 불빛에 기대어 아무런 도움 없이 밤의 한복판으로 하강하는 느낌에 몸을 부르르 떨었다. 방해될까 두려워 조종사가 무슨 결정을 내릴 것인지 물어볼 수도 없었다. 강철 버팀대를 두 손으로 꽉 붙잡고 조종사 쪽으로 몸을 기울이고는 그의 어두운 목덜미만 바라보았다.

움직이지 않는 머리와 두 어깨만이 희미한 빛에 그 모습을 드러냈다. 그의 몸은 왼쪽으로 약간 기울어진 어두운 덩어리에 불과했다. 뇌우를 마주하고 있는 얼굴은 번개가 칠 때마다 그 빛에 씻길 것이다. 하지만 무선기사는 아무것도 볼 수 없었다. 폭풍에 맞서기 위해 그 얼굴에 나타나는 모든 감정, 불만스러운 표정이나 의지, 분노 같은 것들, 창백한 얼굴과 짧은 섬광 사이에서 오가는 것들이 보이지 않았다.

그렇지만 무선기사는 움직이지 않는 그림자 안에 집적된 힘을 짐작했고, 그것을 사랑했다. 아마도 그 힘이 그를 뇌우로 몰아가겠지만 동시에 그를 보호해 줄 것이다. 조종간을 꽉 잡고 있는 두 손은 짐승의 목덜미를 누르듯 벌써 폭풍을 짓누르고 있었다. 힘이 잔뜩 들어간 두 어깨는 꼼짝도 하지 않았지만 그 안에 깊숙이 내장된 힘을 느낄 수 있었다.

무선기사는 어쨌거나 책임은 조종사에게 있다고 생각했다. 그래서 이제 화염 속으로 뛰어드는 말의 안장에 앉아서, 자기 앞에 있는 이 우울한 형체의 인간이 질료와 중력으로 표현해 내고 있는 것, 그 형체가 지속적으로 표현해 내고 있는 것을 음미했다.

왼쪽에서, 명멸하는 등대처럼 미약하게 새로운 불씨

가 반짝였다.

무선기사는 파비앵의 어깨를 건드려 그 사실을 알려 주려고 몸을 움직였다. 파비앵은 천천히 고개를 돌려 몇 초 동안 새로운 적을 마주보는 자세를 취하더니 천천히 원래의 위치로 되돌아갔다. 가죽 의자에 목덜미를 기대고 있는 그의 어깨는 여전히 꼼짝하지 않았다.

8

리비에르는 잠시 걸으면서 다시금 찾아온 불안을 달래 보려고 밖으로 나왔다. 오직 행동을, 그것도 극(劇)적인 행동을 위해서 살아온 그는 그것이 자리를 옮겨 사(私)적인 극이 되어 버리자 묘한 느낌이 들었다. 그는 작은 도시의 소시민들이 음악당 주변에 있을 때에는 겉보기에 평온한 삶을 사는 듯하지만, 때로는 그들도 무거운 극을 겪어 낸다고 생각했다. 질병이나 사랑, 죽음 그리고 어쩌면…… 자신이 겪은 고통이 많은 것을 가르쳐 주었다. '그렇게 해서 세상을 보는 눈이 트이는 것'이라는 생각이 들었다.

밤 열한 시가 되어 그는 한결 편해진 마음으로 사무실 쪽으로 발길을 돌렸다. 그는 극장 입구에 줄지어 서 있는 사람들 사이를 지나오며 문득 하늘에 떠 있는 별들을 바라보았다. 좁은 도로를 비추고 있을 별빛은 번쩍이는 광고판 불빛 때문에 거의 보이지 않았다. '나는 오늘 밤 우편기 두 대가 날고 있는 저 하늘 전체에 책임이 있다. 저 별은 군중 속에서 나를 찾고 또 찾아내는 신호다. 그래서 나는 조금은 고독하고 외롭게 느껴지는 것이다.' 그의 머릿속에 음악 한 소절이 떠올랐다. 그것은 어제 그의 친구들과 함께 들은 소나타였다. 친구들은 음악을 이해하지 못했다.

"이런 음악은 지루해. 자네도 지루하지만 그 사실을 숨기고 있을 뿐이야."

"그럴지도 모르지……."

그는 오늘 밤처럼 그때에도 외롭다고 느꼈다. 하지만 그는 금세 그러한 고독의 풍요로움을 발견했다. 그 음악의 메시지는 평범한 사람들 중에서 오직 그에게만 은밀한 부드러움으로 다가왔다. 별의 신호도 그러했다.

수많은 사람들 너머로 오직 그만이 알아들을 수 있는 소리로 그에게 말하고 있었다.

그는 보도에서 누군가에게 떠밀렸다. 그는 생각했다. '나는 화내지 않을 것이다. 나는 군중 사이에서 종종걸음 치는, 아픈 아이의 아버지와 같다. 그 아버지의 마음속에는 집안의 큰 침묵이 감돌고 있다.'

그는 사람들을 향해 시선을 돌렸다. 그들 중에서 창의력이나 사랑 때문에 종종걸음을 치는 이들을 알아보려고 했던 것이다. 그리고 그는 등대지기의 고독을 떠올렸다.

그는 사무실의 정적이 좋았다. 사무실들을 하나하나 가로지를 때마다 그의 발소리만이 정적을 깨뜨렸다. 타자기들은 덮개를 쓴 채 잠들어 있었다. 서류들이 정렬되어 있는 커다란 수납장은 잠겨 있었다. 십 년 동안의 경험과 작업의 기록들. 그는 풍부한 자산을 보유한 은행의 지하 금고를 방문한 느낌이 들었다. 그 기록 하나하나가 황금보다 더 귀한 것이었다. 그것은 살아 있는 힘이었다. 살아 있지만 은행 금고 안의 황금처럼 잠들어 있는 힘.

어디선가 당직 직원과 만나게 될 것이다. 어느 곳에서든 삶이 계속되도록, 의지가 지속되도록, 그리하여 툴루즈에서 부에노스아이레스에 이르는 매 기항지마다 연계가 끊어지지 않도록 누군가 한 사람은 일을 하고 있는 것이다.

'그 직원은 자신의 위대함을 알지 못한다.'

우편기들은 어디에선가 사투를 벌이고 있다. 야간 비행은 밤새 돌봐야 하는 병처럼 지속된다. 손과 무릎, 가슴과 가슴을 맞대고 어둠에 맞서고 있는 그 사람들, 이제 눈에 보이지 않지만 무언가 움직이고 있다는 것 외에는 아무것도 모르는 그 사람들, 마치 바다에서 기어 나오듯 팔 힘만으로 거기서 빠져나와야 하는 그들을 지켜 주어야 했다. 그러다 보면 이따금 끔찍한 고백을 듣기도 한다.

"나는 내 두 손이라도 보기 위해 그것을 불빛에 비춰 보았어요……."

사진사의 붉은 현상액 속에서 유일하게 드러난 부드러운 두 손……. 세상에 아직 남아 있는 그것, 구해 내야 하는 것은 바로 그것이었다.

리비에르는 사업부 사무실 문을 열었다. 램프 하나만이 사무실 한구석을 밝히고 있었다. 타자기 한 대가 만들어 내는 소리가 그곳의 정적에 의미를 부여하고 있었다. 이따금 전화벨이 울렸다. 그러면 당직 직원은 자리에서 일어나 집요하고 슬프게 울려 대는 전화기 쪽으로 걸어갔다. 당직 직원이 수화기를 들자 보이지 않는 불안이 진정되었다. 어둠의 한구석에서 아주 온화한 대화가 이어졌다. 직원은 무표정하게 자기 책상으로 돌아갔고, 그의 얼굴은 고독과 졸음과 불가해한 비밀 속에 파묻혔다. 한밤중에 우편기 두 대가 비행 중일 때, 외부에서 걸려오는 전화는 얼마나 위협적인가! 리비에르는 저녁 불빛 아래 모인 가족들을 놀라게 하는 전보를, 그리고 거의 영원과도 같은 그 몇 초 동안 아버지의 얼굴에는 비밀로 남게 될 그 불행에 대해 생각했다. 처음에 그것은 비명과는 거리가 먼, 아주 고요하고 힘없는 전파였다. 그리고 그는 매번 그 조심스러운 벨 소리에서 불행의 희미한 메아리를 들었다. 전화벨이 울릴 때마다 직원은 고독하게 두 개의 바다 사이를 헤엄치듯 천천히 움직였고, 잠수부가 물속에서 솟아오르듯 어둠으로부터 불빛을 향해 되돌아왔다. 리비에르에게는 그런 그의 움직임에 묵직한 비밀이 실려 있는 것처럼 보였다.

"그냥 있게. 내가 받지."

리비에르는 수화기를 들고 저쪽 세상의 잡음을 들었다.

"리비에르입니다."

희미한 소음 뒤에 목소리가 들려왔다.

"무전국을 바꿔 드리죠."

다시 소음. 전화 교환기의 핀이 내는 소음이 들린 후 또 다른 목소리.

"무전국입니다. 도착한 전보 내용을 전달하겠습니다."

리비에르는 그것을 받아 적으며 고개를 끄덕였다.

"좋아요……. 알았소……."

특별한 소식은 없었다. 일반적인 근무 내용에 관한 전갈이었다. 리우데자네이루에서는 몇 가지 정보를 요구했고, 몬테비데오에서는 기상에 대해, 멘도사에서는 물자에 대해 이야기했다. 일상적인 보고 내용들이었다.

"우편기들은 어떤가?"

"뇌우가 치고 있어서 저희도 비행기의 통신은 듣지 못했습니다."

"알겠네."

여기는 맑게 갠 밤하늘에 별이 빛나고 있지만, 무선 기사들은 그 밤 속에서 먼 곳의 뇌우가 내는 신음 소리를 간파해 내고 있다고 그는 생각했다.

"그럼, 또 연락합시다."

리비에르가 자리에서 일어나자 직원이 다가왔다.

"소장님, 결재하실 업무 일지입니다."

"알겠네."

리비에르는 밤의 무게를 책임지고 있는 또 한 사람의 동료에게 깊은 우정을 느꼈다. '전우인 셈이지. 이렇게 함께 밤을 새우는 일이 우리를 얼마나 끈끈하게 연결해 주는지 아마 모를 것이다.'

9

한 묶음의 서류를 들고 자신의 사무실로 돌아온 리

비에르는 오른쪽 옆구리에 격심한 통증을 느꼈다. 몇 주 전부터 그를 괴롭혀 온 것이었다.

'뭔가 좋지 않아…….'

그는 잠시 벽에 몸을 기댔다.

'한심한 일이야.'

그러고 나서 의자에 앉았다.

그는 자신이 결박당한 늙은 사자 같다고 느껴져 커다란 슬픔에 휩싸였다.

'겨우 이렇게 되려고 그토록 일을 했나! 내 나이 오십. 오십 년 동안 내 삶을 채우고, 나를 단련하고, 투쟁하고, 사태의 흐름을 바꿔 왔는데, 이제 이까짓 통증이 내 몸을 사로잡고 마음을 쓰게 하여 세상에서 가장 중요한 일인 양 몰아가다니……. 한심한 일이야.'

그는 잠시 그대로 있다가 통증이 진정된 후 땀을 닦고 일을 시작했다.

업무 일지를 천천히 읽어 보았다.

'부에노스아이레스에서 301호 엔진 해체 과정에서 확인되어…… 책임자에게 중징계를 내릴 것입니다.'

그는 서명을 했다.

'플로리아노폴리스 비행장은 지침을 준수하지 않았으므로…….'

또 서명을 했다.

'규율에 따른 조치로 비행장 주임 리샤르를 전근시키기로…….'

그는 서명했다.

옆구리의 통증이 조금 가라앉았지만 그것은 여전히 그의 몸 안에 자리 잡고 있었다. 통증은 삶의 또 다른 의미처럼 그에게 다가와 새삼스레 자신의 존재를 확인시켰다. 그는 적잖이 씁쓸해졌다.

'나는 정당한가 아니면 부당한가? 그건 알 수 없다. 내가 까다롭게 굴면 사고가 줄어든다. 책임은 사람에게 있지 않다. 그것은 모두를 건드리지 못하면 결코 누구에게도 미치지 못할 모호한 힘 같은 것이다. 만일 내가 아주 정당하다면 야간 비행은 매번 죽음의 기회가 될 것이다.'

그는 너무나 엄격하게 이 길을 걸어왔다는 사실에 피곤을 느꼈다. 연민은 좋은 감정이라는 생각이 들었다. 그는 생각에 빠진 채 계속해서 일지를 들춰 보았다.

'……로블레는 오늘부터 우리 회사 직원이 아님.'

그는 그 선량한 노인을 떠올렸고, 그날 저녁에 나누었던 이야기를 기억해 냈다.

"하나의 사례일세, 본보기라고."

"하지만 소장님…… 한 번만, 한 번만 봐 주세요. 평생을 일했습니다."

"본보기가 필요하네."

"하지만 소장님! 이걸 보세요, 소장님!"

로블레는 허름한 지갑을 꺼내 젊은 시절의 그가 비행기 옆에 서서 포즈를 취하고 있는 낡은 신문 조각을 보여 주었다.

리비에르는 로블레의 늙은 두 손이 그 순박한 영광 위에서 부들부들 떨고 있는 것을 보았다.

"1910년 사진입니다, 소장님…… 제가 바로 이곳에서 최초의 아르헨티나선 비행기를 조립했어요! 1910년 이래 줄곧 비행기 조립을 해 온 겁니다……. 소장님, 이십 년이나 됐습니다! 그런데 어찌 그런 말씀을 하실 수 있어요……. 그리고 젊은이들이 작업장에서 얼마나 웃어 대겠어요. 아마도 몹시 비웃을 겁니다!"

"그거야 상관없네."

"그리고 제 자식들은요? 제게는 아이들이 있어요!"

"잡역부 일을 제공하겠다고 하지 않았나."

"제 체면은요, 소장님, 체면 말입니다! 이보세요, 이십 년간 비행기를 조립해 온 저 같은 늙은 직공을……."

"잡역부 일을 하게."

"사양합니다. 하지 않겠어요."

그의 늙은 두 손이 떨렸다. 리비에르는 쭈글쭈글하고 두텁지만 아름다운 그 살갗을 외면했다.

"잡역부 일을 해."

"아니, 소장님. 안 합니다…… 제 말을 더 들어 주세요."

"이제 그만 가 보게."

리비에르는 생각했다. '내가 이렇게 거칠게 내쫓는 것은 그가 아니다. 그에게는 책임이 없을지도 모르지만, 어쨌든 그 일은 그를 통해 일어났다. 사람들이 사건을 명령하고, 사건은 그 명령에 복종한다. 그러므로 사건을 만드는 것은 사람이다. 인간은 가련한 사태에 처해 있지만, 그것 역시 인간이 만들어 내는 것이다. 때문

에 어떤 잘못이 사람을 통해 나타나면 그 사람을 피하게 된다.'

"아직 드릴 말씀이 있어요……."

그 가엾은 노인은 무슨 말을 하고 싶었을까? 자신의 오래된 기쁨을 빼앗겼다고? 비행기의 강철 위에서 들리는 자신의 연장 소리를 좋아한다고? 자신의 삶에서 위대한 시를 앗아갔다고…… 이제 무얼 하며 살아야 하느냐고?

'너무 지쳤어.' 리비에르는 온몸에 열이 오르는 것을 느꼈다. 그는 손가락으로 서류를 뒤적거리며 생각했다. '나는 이 늙은 동료의 얼굴을 아주 좋아했는데…….' 그리고 그는 다시 노인의 손을 떠올렸다. 두 손을 맞잡으려던 그 희미한 움직임이 생각났다. '알았네, 좋아, 그냥 남아 있게.'라는 한마디면 충분했을 것이다. 리비에르는 노인의 늙은 두 손에 흘러내렸을 기쁨의 물결을 그려 보았다. 얼굴이 아니라 일꾼의 늙은 두 손이 표현하게 될 그 기쁨은 세상에서 가장 아름다운 것처럼 보였다. '이 서류를 찢어 버릴까?' 그리고 노인의 가족과 그날 저녁의 귀가와 그의 소박한 자부심을 그려 보았다.

"계속해서 일할 수 있는 거예요?"

"그럼, 당연하지! 아르헨티나선 비행기를 최초로 조립한 사람이 바로 나라고!"

그리고 다시는 비웃지 않을 작업장의 젊은이들과 그가 다시 쟁취한 위엄에 대해서도…….

'찢어 버릴까?'

전화벨이 울리자 리비에르는 수화기를 들었다.

한동안 바람과 공간이 인간의 목소리에 실어 온 그 깊은 울림이 들려왔다. 마침내 상대방이 말했다.

"여기는 비행장입니다. 누구십니까?"

"리비에르요."

"소장님, 650기가 활주로에 있습니다."

"알았네."

"모든 준비가 완료되었습니다. 마지막 순간에 전기회로를 재정비해야 했습니다. 접속에 결함이 있었거든요."

"그랬군, 누가 회로를 조립했나?"

"확인해 보겠습니다. 허락하신다면, 징계를 내리겠습니다. 기내 전등 고장은 중대한 문제를 일으킬 수도 있으니까요."

"물론이지."

리비에르는 생각했다. '어디서든 잘못을 마주쳤을 때 뿌리 뽑지 않으면 이런 문제들이 생기는 법이다. 우연히 발견된 잘못의 매개자를 못 본 체하고 넘어가는 것은 또 하나의 범죄다. 로블레는 직책을 그만둬야 한다.'

아무것도 모르는 직원은 여전히 타자기를 두드리고 있었다.

"그게 뭔가?"

"보름치 회계입니다."

"왜 아직 준비가 안 됐지?"

"그게……."

"나중에 보세."

'기세등등하게 벌어지는 사건들이 놀랍기만 하다……. 어둡고 거대한 힘이 모습을 드러내는 것 같다. 원시림을 뒤흔들어 놓는 힘과 똑같다. 위대한 작품들 주변 어디서나 자라나 저항하며 불쑥 솟아나는 그런 힘.'

리비에르는 작은 담쟁이들이 붕괴시킨 사원들을 생각했다.

'위대한 과업…….'

그는 마음을 다잡기 위해 다시 생각을 모았다. '나는 그들을 사랑한다. 내가 싸우고 있는 것은 그들이 아니다. 그들을 통해 일어나는 일들과 싸우고 있다…….'

그의 심장이 빠르게 뛰며 그를 고통스럽게 했다.

'내가 한 일이 잘한 일인지 모르겠다. 나는 삶의 정확한 가치를 모르며, 정의나 슬픔도 모른다. 나는 인간의 기쁨이 어떤 가치를 가지고 있는지 모른다. 떨고 있는 손도 모르고, 연민도 모르고, 온화함도 모른다…….'

그는 생각에 잠겼다.

'삶은 모순 덩어리다. 사람들은 가능한 한 삶과 타협하려 한다……. 하지만 영원히 지속되는 것, 창조하는 것, 썩어 없어질 육체를 무언가 바꾼다는 것은…….'

리비에르는 잠시 생각에 잠겼다. 그리고 벨을 눌렀다.

"유럽선 우편기 조종사에게 전화하게. 출발 전에 나를 보고 가라고 하게."

그는 생각했다.

'비행기가 쓸데없이 되돌아오지 않도록 해야 한다. 내가 부하 직원들을 흔들어 대지 않으면 그들은 영원

히 밤을 두려워할 것이다.'

10

전화 소리에 잠이 깬 조종사의 아내는 남편을 바라보며 생각했다.

'좀 더 자게 해야지.'

아내는 유선형 모양의 남편의 벗은 가슴을 바라보며 멋진 배 한 척을 떠올렸다.

그는 마치 항구에서처럼 이 평온한 침대에 누워 있었다. 아무것도 그의 잠을 방해하지 않도록 그녀는 신의 손길이 바다를 잠재우듯이, 자신의 손가락으로 침대의 주름과 그림자와 물결을 지워 판판하게 했다.

그녀는 자리에서 일어나 창문을 열고 얼굴에 바람을 맞아들였다. 방은 부에노스아이레스를 굽어보고 있었다. 사람들이 춤을 추고 있는 옆집에서 음악이 바람에 실려 왔다. 즐거운 휴식 시간이었다. 이 도시는 10만 개나 되는 요새 안에 사람들을 채우고 있었다. 모든 것이 고요하고 안전했다. 하지만 곧 누군가 그녀에게 '전투

개시'를 외치면 오직 한 사람, 그녀의 남편만이 벌떡 일어날 것 같았다. 그는 여전히 자고 있었지만, 그의 휴식은 곧 공격에 나설 군인의 두려운 휴식이었다. 잠들어 있는 이 도시는 그를 보호해 주지 않았다. 그가 젊은 신처럼 먼지를 일으키며 하늘로 솟아오를 때, 도시의 불빛은 허망해 보일 것이다. 그녀는 그의 단단한 팔을 바라보았다. 한 시간 후면 한 도시의 운명과도 같은 중요한 무엇인가를 책임진 그 팔이 유럽선 우편기의 운명을 걸머질 것이다. 그녀는 혼란스러웠다. 수많은 사람들 가운데서 이 남자만이 그 기이한 희생을 위해 준비되어 있다. 그런 생각에 그녀는 우울해졌다. 그는 그녀의 온화한 품에서 빠져나갈 것이다. 그녀가 그를 먹이고 보살피고 보듬어 준 것은 그녀 자신을 위해서가 아니라 이제 곧 그를 앗아갈 이 밤을 위해서였다. 아무것도 알 수 없는 이 전투와 불안과 승리를 위해서 말이다. 그의 다정한 손은 길들여졌을 뿐이고, 그 손이 해내는 진정한 일을 그녀로서는 알 길이 없었다. 그녀는 이 남자의 미소와 연인으로서의 조심성은 알고 있지만, 뇌우 속에서의 그의 신성한 분노는 알지 못한다. 그녀는 음악이나 사랑이나 꽃과 같은 부드러운 끈들로 그를 묶어 놓았지만, 출발 시간이 되면 그런 끈들은 떨어져 나갔고, 그는 그것을 괴로워하지도 않는 듯했다.

그가 눈을 떴다.

"몇 시야?"

"자정이야."

"날씨는 어때?"

"모르겠어……."

그는 자리에서 일어나 기지개를 켜면서 천천히 창문 쪽으로 걸어갔다.

"날이 아주 춥지는 않겠군. 바람의 방향은 어때?"

"그걸 내가 어떻게 알겠어……."

그는 몸을 숙였다.

"남쪽이네, 아주 좋아. 적어도 브라질까지 이어지겠어."

그는 달을 바라보며 자신이 풍요로워지는 느낌이 들었다. 도시를 내려다보았다.

그는 도시가 부드럽다거나 찬란하다거나 덥다거나 하는 생각은 들지 않았다. 그에게는 이미 도시의 불빛이 허망한 모래처럼 휩쓸려 가는 것이 보였다.

"무슨 생각을 해?"

그는 포르투알레그레 근처에 안개가 낄 것 같다는 생각을 하고 있었다.

'나만의 전략이 있어. 어디로 돌아가야 할지 알겠어.'

그는 여전히 창밖으로 몸을 숙이고 있었다. 그는 맨몸으로 바다에 뛰어들기 직전의 사람처럼 숨을 깊이 들이쉬었다.

"슬퍼하지도 않네……. 며칠이나 걸려?"

일주일이나 열흘. 그는 알 수 없었다. 슬퍼하다니, 왜 슬퍼하나? 그 벌판들, 그 도시들, 그 산들……. 그는 그것들을 정복하러 자유롭게 떠나는 듯했다. 그리고 한 시간도 안 되어 부에노스아이레스를 정복하고 다시 내버리게 되리라는 생각도 했다.

그는 미소를 지었다.

'이 도시에서…… 곧 아주 멀어질 것이다. 밤에 떠나는 일은 아름답다. 남쪽을 향해 엔진 레버를 잡아당기면 십 초도 안 되어 풍경은 뒤바뀌고, 북쪽을 향해 날게 되지. 그러면 도시는 깊은 바다일 뿐이다.'

그녀는 정복을 위해 그가 내던져 버려야 하는 모든 것을 생각했다.

"당신은 집을 좋아하지 않아?"

"집이 좋지……."

하지만 그녀는 그가 벌써 길을 떠나고 있는 것을 느꼈다. 그의 넓은 어깨는 이미 하늘을 등지고 있었다.

그녀는 그에게 하늘을 가리키며 말했다.

"날씨가 좋아. 항로에는 별들이 총총하고."

그가 웃었다.

"그래."

그녀는 그의 어깨에 손을 얹고는 따스한 느낌에 가슴이 뭉클했다. 그러나 이 육체가 위협을 당한다면?

"당신은 아주 강인해. 하지만 조심해!"

"물론 조심해야지."

그는 또 웃었다.

그는 옷을 입었다. 또 한 번의 축제를 위해 그는 가장 거친 천으로 된 옷과 가장 무거운 가죽옷을 골라 농부처럼 차려입었다. 점점 더 묵직해지는 그의 모습을 그녀는 감탄하듯 바라보았다. 그녀는 손수 벨트를 매어 주고, 부츠를 신겨 주었다.

“이 부츠는 불편하군.”

“여기 다른 거 있어.”

“비상등에 달 끈 좀 찾아 줘.”

그녀는 그의 모습을 바라보았다. 그리고 완전 무장한 그의 옷매무새를 만져 주었다. 모든 것이 잘 갖춰졌다.

“멋져.”

그녀는 정성스럽게 머리를 빗는 그의 모습을 감탄하듯 바라보았다.

“별들을 위한 치장이야?”

“내가 늙었다는 느낌을 갖지 않으려는 거야.”

“질투가 나네…….”

그는 또다시 웃고는 그녀에게 키스를 하며 두꺼운 옷을 입은 채 꼭 껴안았다. 그런 다음 여전히 미소를 지으며 팽팽한 두 팔로 어린아이를 안듯 그녀를 번쩍 들어 올려 침대에 눕혔다.

“한숨 더 자!”

그는 문을 닫고 거리로 나섰다. 한밤의 낯선 인파 속에서 정복을 위한 첫발을 내디뎠다.

그녀는 침대에 누운 채 이제 남편에게는 깊은 바다에 불과한 꽃들과 책들과 온기를 서글프게 둘러보았다.

11

리비에르가 그를 맞이했다.

"자네 지난번 비행에서 실수를 했더군. 기상 상태가 좋았는데도 가던 길을 되돌아왔어. 그냥 통과해도 되었는데 겁이 났나?"

갑작스런 질문에 조종사는 입을 다물었다. 그는 두 손을 천천히 마주 비볐다. 그런 다음 고개를 들고 리비에르를 똑바로 쳐다보았다.

"네."

리비에르는 그렇게 용감한 남자가 겁을 먹었다는 사실에 마음속 깊이 연민을 느꼈다. 조종사는 자신을 변명하려고 했다.

"아무것도 보이지 않았어요. 물론 더 멀리 갔다면…… 어쩌면 무전국의 말대로…… 하지만 조종석 램프가 희미해서 제 손조차 보이지 않았어요. 최소한 날

개라도 보려고 위치등을 켜고 싶었지만 아무것도 볼 수 없었죠. 탈출하기 힘든 큰 구멍에 빠진 느낌이었어요. 그때 엔진이 진동하기 시작했어요."

"아닐세."

"아니라고요?"

"아니야, 그 후에 우리가 엔진을 점검해 보았네. 엔진은 문제없었어. 하지만 겁을 먹으면 언제나 엔진이 진동한다고 믿어 버리지."

"누구라도 겁이 났을 겁니다! 산들에 둘러싸여 있었으니까요. 고도를 잡으려고 했을 때 거센 회오리바람을 만났어요. 아무것도 보이지 않는데 회오리바람이 불면 어떤지 아시잖아요……. 올라가기는커녕 100미터나 곤두박질쳤어요. 자이로스코프도, 기압계도 보이지 않았어요. 엔진 회전수가 떨어지고, 엔진이 가열되면서 오일 압력도 떨어지는 것 같았어요. 그 모든 게 어둠 속에서 마치 질병의 발작처럼 일어났어요. 불 밝힌 도시를 다시 보았을 때에는 정말이지 무척이나 기뻤어요."

"자네 상상력이 지나치군. 나가 보게."

조종사는 밖으로 나갔다.

리비에르는 안락의자에 몸을 파묻고 잿빛 머리칼을 손으로 쓸어내렸다.

'그는 내 부하 중에서 가장 용감하다. 그날 밤 그의 성공은 아주 훌륭했다. 하지만 나는 그의 두려움을 없애 줘야 한다.'

그는 마음이 약해지려고 하자 다시 생각했다.

'사랑받으려면 동정심만 가져도 된다. 하지만 나는 동정심이 거의 없거나 그런 마음을 숨긴다. 그러면서도 우정과 인간적 온화함이 나를 에워싸기를 몹시 바라고 있다. 의사는 자신의 직업에서 그런 우정과 온화함을 얻어 내기도 한다. 하지만 내가 돌봐야 하는 것은 사건들이다. 사건들에 대처할 수 있도록 사람들을 단련시켜야 한다. 저녁마다 사무실에 앉아서 항로에 관한 서류를 마주하고 있으면 그 막연한 법칙이 잘 느껴진다. 될 대로 되라는 심정으로 내버려 두면, 잘 조정된 일이라고 그대로 진행되도록 방치해 버리면, 희한하게도 바로 그 순간 사고가 터진다. 마치 오로지 나의 의지만이 비행기의 운행 중단이나 태풍으

로 인한 우편기의 지체를 막을 수 있다는 듯이 말이다. 이따금 그런 나의 힘에 놀라곤 한다.'

그는 또 생각에 잠겼다.

'어쩌면 그것은 당연한 일이다. 잔디를 다듬는 정원사의 끊임없는 노력이 그러하다. 그의 단순한 손놀림이 끊임없이 원시림을 준비하는 땅에서 잡초를 밀어내는 것이다.'

그는 조종사를 생각했다.

'나는 그를 두려움에서 구해 주고 있다. 내가 공격한 것은 그가 아니다. 미지의 사태에 맞닥뜨렸을 때 사람을 마비시키는 압력을 그를 통해 공격한 것이다. 그의 이야기를 귀담아 들어 주고 그를 동정하고 그의 모험담을 진지하게 받아들이면, 그는 자신이 신비의 세계에서 귀환했다고 믿어 버릴 텐데, 두려움의 근원은 바로 그 신비에 있다. 그는 그 어두운 우물 속으로 내려가야 하고 거기에서 다시 기어 올라와 그 안에 아무것도 없다는 말을 할 수 있어야 한다. 그리고 밤의 가장 깊숙한 한복판으로, 손이나 비행기 날개만을 비춰 줄 뿐인 광부의 조그만 램프 따위도 없이, 그 두터운 어둠 속으

로 내려가야 한다. 미지의 세계로부터 어깨 넓이만큼 거리를 두어야 한다.'

그렇지만 리비에르와 조종사들은 그 투쟁 속에서 말없는 우애로 마음 깊숙이 서로 결속되어 있었다. 그들은 같은 배를 탄 사람들이었고, 정복에 대한 똑같은 욕망을 체험했던 것이다. 리비에르는 밤을 정복하기 위해 치러 낸 다른 전투들을 기억해 냈다.

정부 관료들은 그 어두운 영토를 탐사되지 않은 오지처럼 두려워했다. 밤이 품고 있는 뇌우와 안개를 향해 시속 200킬로미터로 승무원을 내달리게 하는 일은 전투기에나 용인될 수 있는 모험으로 여겼던 것이다. 전투기는 맑은 날 밤에 폭격을 하고 다시 같은 곳으로 돌아온다. 하지만 정기적인 우편 비행은 밤에 실패할 수도 있다. 리비에르는 반박했다.

"그것은 우리에게 사활이 걸린 문제입니다. 우리는 낮 동안에 철도나 선박에 비해 앞섰던 것을 매일 밤 까먹기 때문이죠."

리비에르는 예산이나 보험 그리고 무엇보다 여론에

대한 이야기들을 근심스럽게 들어 왔다.

그는 이렇게 응수했다.

"여론은…… 주도하면 됩니다!"

그리고 생각했다. '얼마나 많은 시간을 까먹었던가! 이 모든 것에 앞서는 뭔가가…… 무엇인가가 있다. 살아 있는 모든 것은 살아가기 위해 움직이며, 살아가기 위해 자기 고유의 법칙을 만들어 낸다. 그것은 어쩔 수 없는 일이다.' 리비에르는 언제 어떻게 상업 항공이 야간 비행에 착수할지는 모르지만, 그에 대한 해결책을 준비해야 한다고 생각했다.

그는 회의가 이루어지던 책상들을 떠올렸다. 그 앞에서 그는 주먹으로 턱을 괸 채 수많은 반박을 들어야 했다. 그 반박들은 미리부터 받아들인 사망 선고처럼 허망하게 들렸다. 그리고 그는 자기 내부의 힘이 한 가지로 무겁게 응집되는 것을 느꼈다. '나의 논리는 굳건해. 나는 이길 것이다. 그것은 사태의 자연스러운 추세다.' 모든 위험을 피할 수 있는 완벽한 해결책을 요구받았을 때 그는 대답했다.

"경험이 법칙을 만들어 줄 겁니다. 법칙은 결코 경험

을 앞서지 못합니다."

오랜 논쟁 끝에 마침내 리비에르는 승리했다. 어떤 사람들은 '그의 신념 때문'이라고 했고, 다른 이들은 '그의 집요함, 곰 같은 추진력 때문'이라고 했다. 그러나 그의 말에 따르면, 그것은 그가 제대로 된 방향으로 숙고했기 때문이다.

하지만 초반에는 얼마나 신중했던가! 비행기는 해가 뜨기 한 시간 전에야 출발해야 했고, 해가 지고 난 한 시간 안에 착륙해야 했다. 리비에르가 자신의 경험에 좀 더 확신이 생겼다고 판단했을 때에서야 비로소 깊은 밤 속으로 우편기들을 날아가게 할 수 있었다. 추종자도 없이 반박만 받으면서도 그는 지금까지 고독한 싸움을 이어 나가고 있었다.

리비에르는 비행 중인 우편기들이 보내온 최근 메시지들을 확인하려고 벨을 눌렀다.

12

그동안 파타고니아선 우편기는 폭풍에 가까워졌다. 파비앵은 폭풍을 피해 우회하는 일을 포기했다. 폭풍이 너무 넓게 퍼져 있다고 판단했던 것이다. 번개 줄기가 내륙으로 파고들며 구름의 아성을 드러내고 있었다. 그는 폭풍 아래로 지나가려고 시도해 본 다음 만일 상황이 좋지 않으면 되돌아갈 작정이었다.

그는 고도를 살펴보았다. 1,700미터였다. 고도를 낮추기 위해 조종간을 잡은 손바닥에 힘을 주었다. 엔진이 격렬하게 진동하며 기체도 흔들렸다. 파비앵은 어림잡아 하강 각도를 수정하고 지도를 보며 구릉들의 높이가 500미터임을 확인했다. 여유를 두기 위해서 700미터 고도로 비행해야 했다.

그는 거금을 걸고 도박하듯이 비행기의 고도를 낮췄다.

비행기는 회오리바람에 휘감기더니 아주 심하게 흔들렸다. 파비앵은 눈에 보이지 않는 붕괴 사고의 위협을 느꼈다. 그는 비행기를 돌려 수많은 별들을 다시 보고 싶었지만 각도를 조금도 수정하지 못했다.

파비앵은 가능성을 계산해 보았다. 이것은 국지적인 폭풍일 것이다. 다음번 기항지인 트렐레우에서 하늘의 4분의 3이 구름에 덮여 있다는 신호가 왔기 때문이다. 콘크리트처럼 단단한 어둠 속에서 이십 분 정도만 살아 버티면 된다. 그러면서도 그는 초조했다. 바람이 휘몰아치는 왼쪽으로 몸을 기울이고 있던 그는 칠흑같이 캄캄한 밤에 떠돌아다니는 어렴풋한 섬광이 무엇인지 알아보려고 애를 썼다. 그러나 그것은 빛이라고 할 수도 없었다. 단지 짙은 어둠 속에서만 겨우 감지되는 농도의 변화이거나 피곤한 눈이 일으킨 착시 현상이었다.

그는 무선기사가 건넨 쪽지를 펼쳤다.

'우리가 지금 어디에 있죠?'

그걸 알아내기만 한다면야 파비앵은 어떤 대가라도 치를 것이다.

"나도 몰라요. 나침반에 의존해 폭풍을 지나고 있어요."

그는 다시 몸을 숙였다. 불꽃 다발처럼 엔진에 매달려 있는 배기관 불빛이 거슬렸다. 하도 희미한 빛이라

달빛만 비쳐도 죽어 버리는데, 이 암흑 속에서는 눈에 보이는 세상을 온통 빨아들이고 있었다. 그는 그 불빛을 바라보았다. 그것은 횃불처럼 바람에 의해 거센 불꽃을 내뿜었다.

파비앵은 삼십 초마다 자이로스코프와 나침반을 확인하기 위해 계기판 속으로 고개를 들이밀었다. 조종석의 희미한 붉은 램프는 켤 엄두가 나지 않았다. 그것을 켜면 한참 동안이나 눈이 부셨기 때문이다. 다행히 라듐으로 된 모든 숫자판 기기들은 희미한 별처럼 빛을 쏟아내고 있었다. 바늘과 숫자들로 이루어진 그곳에서 조종사는 헛된 안정을 느꼈다. 그것은 물결이 들이치는 배의 선실에서 느끼는 안정감 같은 것이었다. 밤, 그리고 밤이 지닌 모든 것들, 바위와 표류물과 구릉 같은 것들이 모두 하나같이 놀라운 운명으로 비행기를 향해 몰아치고 있었다.

"지금 어디죠?"

무선기사가 같은 물음을 되풀이했다.

생각에 잠겼던 파비앵은 다시 고개를 들고 왼쪽으로 몸을 기울여 곤혹스러운 감시를 시작했다. 얼마나 많은 시간과 노력을 들여야 이 어두운 속박에서 벗어날 수 있을지 그는 알 수 없었다. 결코 벗어날 수 없을지도 모른다는 의심마저 들었다. 왜냐하면 그는 자신의 인생을 이 작고 더럽고 구겨진 종이에 걸고 있었고, 그는 희망을 불어넣으려고 그것을 수없이 펼쳐 읽었던 것이다.

'트렐레우. 하늘의 4분의 3이 구름 낌. 약한 서풍.'

트렐레우 하늘의 4분의 3 정도가 구름에 덮였다면, 구름의 틈새로 빛이 보일 것이다.

저 멀리 약속된 희미한 빛이 그를 계속 비행하게 했다. 하지만 의심이 가시지 않은 탓에 휘갈겨 쓴 종이를 무선기사에게 건넸다.

'통과할 수 있을지 모르겠음. 후방의 날씨는 어떤지 알려 주기 바람.'

돌아온 답변은 당혹스러웠다.

'코모도로에서는 그곳으로의 귀환이 불가능하다는 기별. 폭풍 때문임.'

그는 안데스 산맥에서 바다를 향해 휘몰아치는 예사롭지 않은 폭풍의 공세를 짐작했다. 그가 도시에 닿기도 전에 태풍이 먼저 도시를 덮칠 것이다.

"산 안토니오의 날씨를 물어봐 줘요."

"산 안토니오에서 답이 왔습니다. '서풍이 일고 태풍은 서쪽에 있음. 하늘은 완전히 구름에 덮임.' 산 안토니오에서는 잡음 때문에 아주 안 들린답니다. 저 역시 잘 안 들리고요. 방전 때문에 곧 안테나를 감아 들여야 할 것 같습니다. 되돌아갈 건가요? 어떤 계획인지요?"

"가만히 좀 있어요. 바이아블랑카의 날씨나 물어봐 줘요."

'바이아블랑카의 회답. 이십 분 안에 바이아블랑카 서쪽으로 격심한 폭풍 예상.'

"트렐레우의 날씨를 알아봐 줘요."

'트렐레우의 회답. 서쪽에 초속 30미터의 폭풍과 폭우.'

"부에노스아이레스에 전달하시오. '사방이 막혀 있음, 폭풍이 1,000킬로미터로 펼쳐져 있음. 아무것도 보이지 않음. 어떻게 해야 합니까?'라고."

조종사에게는 항구(모든 항구는 접근 불가능으로 보였다)로도 새벽으로도 데려가 주지 않는 이 밤이 피안이 없는 바다 같았다. 한 시간 사십 분 후면 기름도 떨어질 것이다. 조만간 이 두터운 어둠 속을 눈먼 채로 흘러 다녀야 할 것이다.

'날이 샐 때까지만 견딜 수 있다면…….'

파비앵은 새벽이, 이 고된 밤을 보낸 후에 좌초하여 흘러들 황금빛 모래사장 같았다. 새벽이 오면, 위협을 받던 비행기 아래로 평야의 해변이 나타날 것이고, 고요한 대지는 잠들어 있는 농가와 가축들과 언덕들을 간직하고 있을 것이다. 어둠 속에 밀려온 온갖 표류물들은 무해한 것이 될 것이다. 할 수만 있다면 그 새벽을 향해 헤엄쳐 나갈 것이다.

그는 포위되었다는 생각이 들었다. 어쨌든 모든 것이 이 짙은 어둠 속에서 해결될 것이다.

그것은 사실이다. 해가 떠오를 때면 회복기에 들어서는 느낌이 들곤 했다.

하지만 해가 머물고 있는 동쪽을 뚫어지게 바라본들 무슨 소용인가. 그와 해 사이에는 헤어날 수 없을 정도의 깊은 밤이 놓여 있었다.

13

"아순시온선 우편기는 순항 중이야. 두 시쯤에는 도착할 예정이지. 그런데 지금 난항 중인 듯한 파타고니아선 우편기는 상당한 지체가 예상되네."

"알겠습니다, 리비에르 씨."

"유럽선 비행기를 이륙시키려면 파타고니아선 우편기는 기다리지 못할 거야. 아순시온선 우편기가 도착하는 대로 우리의 지침을 따르도록 하게. 준비하고 기다리게."

리비에르는 북쪽의 기항지들이 보내온 재난 조치에 관한 전보를 다시 읽어 보았다. 전보들은 유럽선 우편기에 달빛의 항로를 열어 주었다. '청명한 하늘, 보름달, 바람 없음.' 브라질의 산들은 바다의 은빛 물결 속에 그 검은 숲의 촘촘한 가지들을 직선으로 담그고 있었다. 그 숲 위로 달빛이 줄기차게 쏟아져 내렸지만 숲을 물들일 정도는 아니었다. 표류물처럼 바다에 떠 있는 섬들 역시 검은 빛이었다. 전 항로를 끝없이 비추고 있는 달은 마르지 않는 빛의 샘물 같았다.

리비에르가 출발 명령을 내리면 유럽선 우편기의 승무원은 밤새 부드럽게 반짝이는 안정적인 세계로 들어설 것이다. 밀려드는 빛과 어둠 사이의 균형을 위협할 것이라고는 어디에도 없는 세계, 맑은 바람의 어루만짐조차 스며들지 않는 세계로 말이다.

그러나 리비에르는 그 달빛 앞에서 금지된 금광을 마주한 광산 채굴자처럼 머뭇거렸다. 남쪽에서 일어나는 사건들은 야간 비행의 유일한 옹호자인 리비에르를 불리하게 만들었다. 그의 적대자들은 파타고니아에서 발생한 참사로 매우 유리한 도덕적 주장을 내세울 것이고, 리비에르의 신념은 무력해질 수도 있다. 그러나 리비에르는 흔들리지 않았다. 사업의 빈틈 하나가 비극을 일어나게 했지만, 그 비극도 빈틈이 존재한다는 것을 보여 주었을 뿐 다른 어떤 것도 입증하지는 못했기 때문이다. '어쩌면 서쪽 지역에 관측 기지를 세워야 할지도 모르겠군……. 한번 생각해 봐야겠어.' 그는 또 이런 생각도 했다. '야간 비행에 관한 나의 신념에는 변함이 없어. 오히려 사고를 일으킬 수 있는 하나의 원인이 줄어든 것일 뿐이다. 이번 사고로 드러난 원인.' 실패는 강한 자들을 더욱 강하게 만든다. 그러나 불행하게도 우리는 사태의 진정한 의미는 거의 고려되지 않는 그런 도박을 인간들에 대해 벌이고 있다. 우리는 표면상으로 이기거나 지게 되고, 보잘것없는 점수를 얻는다. 그리고 그 피상적인 패배에 결박되어 버리는 것이다.

리비에르는 벨을 눌렀다.

"바이아블랑카에서 보내온 소식은 없나?"

"없습니다."

"비행장에 전화를 연결해 주게."

오 분 후 그는 상황을 물었다.

"어째서 아무 소식도 전해 주지 않나?"

"우편기로부터 아무 소식도 듣지 못했습니다."

"침묵하고 있는 건가?"

"모르겠습니다. 뇌우가 너무 심합니다. 우편기에서 교신을 해도 우리가 들을 수 없을 겁니다."

"트렐레우에서는 들린다던가?"

"트렐레우 소식은 듣지 못했습니다."

"전화해 보게,"

"해 봤는데 통화가 끊어졌습니다."

"거기 날씨는 어떤가?"

"몹시 나쁩니다. 서쪽과 남쪽에 번개가 칩니다. 공기가 매우 무겁습니다."

"바람은?"

"아직은 약하긴 하지만 겨우 십 분 정도나 그럴 겁니다. 번개가 무척 빠르게 접근해 오고 있습니다."

침묵.

"바이아블랑카? 들리나? 좋아. 십 분 후에 이곳으로 다시 전화해 주게."

그리고 리비에르는 남쪽 비행장에서 보내 온 전보들을 뒤적거렸다. 모두 하나같이 우편기의 침묵을 알리고 있었다. 몇몇 비행장들은 더 이상 부에노스아이레스로 답신을 보내오지 않았다. 지도 위에는 연락이 끊긴 지역을 나타내는 얼룩이 점차 늘어났다. 그곳의 작은 도시들은 벌써 태풍의 영향을 받아 모든 문을 닫았을 것이다. 불빛 하나 없는 거리 탓에 비행기는 망망대해의 배처럼 세상으로부터 단절되어 밤의 한가운데를 방황하고 있을 것이다. 오직 새벽만이 그들을 구해 낼 수 있을 것이다.

리비에르는 지도에 몸을 숙인 채 맑은 하늘의 피난처를 찾아낼 희망을 놓지 않았다. 서른 곳이 넘는 지방 도시의 경찰에 기상을 묻는 무선전보를 보냈는데, 이제 그 답신들이 도착하기 시작했다. 2,000킬로미터에 이르는 무전국들 중에서 한 곳이라도 비행기의 호출을 받으면 삼십 초 내에 부에노스아이레스에 통고하라는 명령을 내렸다. 부에노스아이레스에서 대피 장소의 위치를 곧장 파비앵에게 전할 수 있도록 말이다.

새벽 한 시에 소집된 직원들은 각자의 사무실로 돌아갔다. 그곳에서 그들은 야간 비행이 중단될 것이라거나, 유럽선 우편기는 해가 뜬 후에나 이륙하게 될 것이라는 이야기들을 비밀스레 나누었다. 그들은 파비앵에 대해, 폭풍우에 대해, 그리고 무엇보다 리비에르에 대해 소리 죽여 이야기했다. 그들은 저기, 바로 옆 사무실에 있는 리비에르가 자연을 거스른 탓에 차츰 무너져 내릴 것이라고 짐작했다.

그러다 모든 말소리가 뚝 끊겼다. 리비에르가 문 앞에 서 있었다. 외투를 꼭 껴입고 언제나처럼 눈 바로 위까지 모자를 눌러쓴 영원한 여행자의 모습으로, 그는 사무실 주임을 향해 천천히 걸어왔다.

"한 시 십 분이네. 유럽선 우편기의 서류는 규정에 맞춰 준비했나?"

"제 생각엔……."

"자네는 생각이 아니라 실행을 해야 하네."

그는 몸을 돌려 뒷짐을 지고 창문이 열린 쪽으로 걸어갔다.

직원 하나가 그에게 다가왔다.

"소장님, 저희는 거의 회신을 받지 못했습니다. 내륙에서는 수많은 전화선들이 이미 끊겼다는 기별이 왔고……."

"알았네."

리비에르는 꼼짝도 않고 밤을 응시했다.

도착하는 메시지마다 모두 파비앵이 탄 우편기의 위험을 타전했다. 전화선이 끊기기 전에 회신할 수 있었던 도시들에서는 전진해 오는 적군의 침략처럼 태풍의 진전을 전해 왔다.

'태풍이 내륙 지방, 안데스 산맥으로부터 오고 있음. 모든 항로를 휩쓸며 바다로 이동 중…….'

리비에르는 별빛이 너무 밝고, 공기는 너무 습하다고 생각했다. 정말 이상한 밤이다! 그 밤은 반짝거리는 과일의 살처럼 갑자기 군데군데 썩어 들어가고 있었다. 부에노스아이레스의 하늘은 여전히 빛나는 별들로 가득했지만, 그것은 하나의 오아시스, 하나의 순간에 불과했다. 게다가 그것은 승무원의 비행 영역을 벗어난, 다른 곳에 있는 항구일 뿐이었다. 나쁜 바람이 건드리고 부패시킨 위협적인 밤. 물리쳐 이겨내기 어려운 밤.

비행기 한 대가 그 깊은 심연 속 어딘가에서 위험에 처해 있었고, 해안에서는 그저 무력하게 동요하고 있었다.

14

파비앵의 아내가 전화를 했다.

남편이 귀환하는 날 밤마다 그녀는 파타고니아선

우편기의 진행 상황을 헤아려 보곤 했다. '지금쯤 트렐레우에서 이륙했겠다.' 그런 다음 다시 잠이 들었다. 조금 후 다시 그녀는 잠에서 깼다. '이제 산안토니오로 다가설 것이고, 그곳의 불빛이 보이겠지…….' 그러면 그녀는 자리에서 일어나 커튼을 젖히고 하늘을 판별해 보았다. '구름들 때문에 힘들겠네…….' 이따금 달은 양치기처럼 어슬렁거렸다. 그러면 젊은 아내는 그 달과 별들과 남편을 둘러싸고 있는 수많은 것들로 안심이 되어 다시 자리에 누웠다. 새벽 한 시가 되면 그녀는 남편이 가까이 왔음을 느꼈다. '그이는 멀지 않은 곳에 있어. 부에노스아이레스가 보일 거야…….' 그러면 그녀는 다시 일어나 남편의 식사와 따뜻한 커피를 준비했다. '저 높은 곳은 너무 추워…….' 그녀는 언제나 남편을 눈 덮인 정상에서 내려온 듯이 맞이했다.

"춥지 않아?"

"전혀!"

"그래도 몸을 좀 덥혀……."

한 시 십오 분이면 만반의 준비가 끝났다. 그러면 그

녀는 전화를 걸었다.

그날 밤, 다른 사람들처럼 그녀도 물었다.

"파비앵은 착륙했나요?"

그녀의 전화를 받은 직원은 조금 당황했다.

"누구시죠?"

"시몬 파비앵입니다."

"아! 잠깐만요……."

아무 말도 할 수 없었던 직원은 수화기를 사무실 주임에게 건네주었다.

"누구십니까?"

"시몬 파비앵인데요."

"아, 예…… 무슨 일로 그러시죠?"

"저희 남편이 착륙했나요?"

설명할 수 없을 것 같은 침묵이 이어지더니 그저 이런 답변만이 들려왔다.

"아니요."

"연착인가요?"

"네……."

또다시 침묵.

"네…… 연착입니다."

"아……."

그것은 상처받은 육체에서 나오는 탄식이었다. 연착은 아무 일도 아니다……. 그거야 대수롭지 않지만……. 그게 길어지면…….

"아…… 그러면 그이가 몇 시에 도착할까요?"

"몇 시에 도착하냐고요? 저희는…… 저희도 모릅니다."

그녀는 지금 벽에 부딪히고 있었다. 그녀는 자기가 한 질문의 메아리만 듣고 있었다.

"제발 대답 좀 해 주세요! 지금 그이는 어디에 있죠?"

"지금 어디에 있냐고요? 잠깐 기다리세요……."

그런 무기력한 태도가 그녀를 아프게 했다. 벽 뒤에서는 무슨 일인가 일어나고 있었다.

이윽고 대답이 돌아왔다.

"십구 시 삽십 분에 그는 코모도로에서 이륙했습니다."

"그리고 그 후에는요?"

"그 후에요? 상당히 늦어져서……. 기상 악화로 많이 늦어져서요……."

"아! 기상 악화요……."

부에노스아이레스의 하늘에 한가롭게 걸쳐 있는 저 달은 얼마나 부당하고 기만적인가! 젊은 여인은 코모도로에서 트렐레우까지 두 시간도 안 걸린다는 사실을 불현듯 기억해 냈다.

"그럼, 그이는 여섯 시간 동안이나 트렐레우를 향해 비행하는 중이네요! 하지만 그이가 당신들에게 통신을 보냈을 거 아니에요! 뭐라고 하던가요?"

"그가 뭐라고 했냐고요? 당연히 이런 날씨에는…… 부인도 아시겠지만 그의 통신이 들리지 않습니다."

"이런 날씨라!"

"저…… 부인, 뭔가 소식이 오면 곧 연락드리겠습니다."

"아! 당신들도 아무것도 모르는군요……."

"그럼, 안녕히 계십시오. 부인……."

"아니, 안 돼요! 소장님과 통화하고 싶어요."

"소장님은 매우 바쁘십니다, 지금 회의 중이라……."

"아! 상관없어요! 상관없다고요! 소장님과 통화하고 싶어요."

사무실 주임은 땀을 닦았다.

"잠깐 기다리세요……."

그는 리비에르의 사무실 문을 열었다.

"파비앵 부인이 소장님과 통화하고 싶답니다."

'그럼 그렇지! 걱정하던 일이 드디어 터졌군!' 리비에르는 생각했다. 극적인 사건의 감정적 요소들이 모습을 드러내기 시작한 것이었다. 처음에 그는 그런 요소들을 인정하지 않으려 했다. 어머니와 아내 들은 수술실에 들어가지 않는 법이다. 위험에 처한 배 안에서는 감정을 드러내지 않도록 해야 한다. 감정은 사람을 구하는 일에 도움이 되지 않기 때문이다. 그는 전화를 받기로 했다.

"내 사무실로 연결하게."

그는 멀리서 들려오는 떨리는 작은 목소리를 들었다. 하지만 그녀에게 대답해 줄 말이 없다는 것을 이내 깨달았다. 이렇게 대립하는 일은 두 사람 모두에게 한없이 헛된 일일 것이다.

"부인, 제발 진정하십시오! 우리 같은 직업은 한참 동안 소식을 기다리는 일이 아주 흔합니다."

그는 이제 개인적인 비탄의 문제가 아니라, 자기 일 자체의 문제가 놓여 있는 경계에 이르렀다. 리비에르 앞에는 파비앵의 아내가 아니라 삶의 또 다른 의미가 우뚝 서 있었다. 리비에르는 그 작은 목소리, 너무나 서글프지만 적의에 찬 그 목소리를 듣고 동정할 수밖에 없었다. 그의 일이나 개인의 행복은 결코 둘로 나눌 수 없는 것이기 때문이다. 그 두 가지는 서로 대립할 뿐이다. 이 여자 역시 자신의 의무와 권리를 절대적인 세상의 이름으로 이야기하고 있었다. 저녁 식탁을 밝히는 램프의 이름으로, 자신의 살을 요구하는 또 하나의 살의 이름으로, 희망과 애정과 추억의 이름으로 말이다. 그녀는 자신의 행복을 요구하고 있었고, 그녀는 옳았다. 그리고 리비에르 또한 옳았다. 하지만 그는 이 여인의 진실에 대항할 것이 아무것도 없었다. 그는 집 안을 비추는 소박한 램프 불빛 아래에서, 형용할 수 없이 비인간적인 제 자신의 진실을 발견했다.

"부인……."

그녀는 더 이상 그의 말을 듣고 있지 않았다. 자신의 연약한 주먹으로 벽을 치다가 지쳐서는 자기 발밑으로 쓰러져 버린 듯했다.

언젠가 다리를 건설 중인 공사장에서 부상자 한 명을 들여다보고 있을 때였다. 그 자리에 함께 있던 기술자가 리비에르에게 이렇게 말했다.

"이 다리가 처참하게 뭉개진 부상자의 얼굴만 한 가치가 있을까요?"

그 다리를 이용할 그 어떤 농부도 인근의 다른 다리로 돌아가는 수고를 덜기 위해서 이렇게 처참하게 한 사람의 얼굴을 짓이겨도 된다고 말하지는 않았을 것이다. 그럼에도 불구하고 다리들은 세워진다. 기술자는 덧붙여 말했다.

"전체의 이익은 개개인의 이익이 모여 이루어지죠. 하지만 그것 외에는 아무것도 정당화하지 않아요."

한참 후에 리비에르가 그에게 대답했다.

"그러나 인간의 생명을 값으로 따질 수 없다 해도 우리는 언제나 인간의 생명을 넘어서는 가치 있는 뭔가가 있는 것처럼 행동하지요……. 그런데 그게 무엇일까요?"

리비에르는 우편기의 승무원들을 생각하며 가슴을 졸였다. 사업은, 다리 하나를 건설하는 일에서도 개인의 행복을 부숴 버린다. 이제 리비에르는 '대체 무슨 명목으로'라는 자문을 하지 않을 수 없었다. '어쩌면 이제 사라져 버릴지도 모를 그 승무원들은 행복하게 살 수 있었을 텐데…….' 그는 저녁의 불빛이 비치는 황금빛 성소(聖所)에서 고개를 숙이고 있는 그들의 얼굴이 보이는 듯했다. 무슨 명목으로 나는 그들을 성소에서 끌어낸 것일까? 대체 무슨 명목으로 그들을 개인적인 행복으로부터 빼내 왔을까? 그런 행복을 보호하자는 게 제일의 법칙 아니었나? 그런데 자기 자신도 그 행복을 부숴 버리고 있었다. 황금빛 성소들은 운명적으로 언젠가는 신기루처럼 사라진다. 노화와 죽음이 리비에르 자신보다 가혹하게 그 행복을 파괴해 버리기 때문이다. 어쩌면 구해 내야 할 어떤 것, 좀 더 지속적인 다른 것이 존재할 것이다. 리비에르가 이렇게 일하는 것은 다름이 아니라 인간의 바로 그런 부분을 구해 내기 위해서일까? 그렇지 않다면 행동은 정당화되지 않는다.

'사랑한다는 것, 오직 사랑만 한다는 것은 정말이지 막다른 길과 같다!' 리비에르는 사랑하는 일보다 더 중대한 의무가 있을 것이라고 어렴풋이 느꼈다. 그것 또한 애정일 테지만 다른 애정과는 사뭇 다른 것. 어떤 문구가 그의 머릿속에 떠올랐다. '문제는 그 애정을 영원토록 하는 것이다…….' 이 구절을 어디서 읽었던가? '당신이 당신 자신 안에서 추구하는 것은 죽어 없어진다.' 그는 페루의 잉카에 있는 오래된 태양신의 사원을 떠올렸다. 산 위에 곧게 세워진 그 돌기둥들. 그 돌기둥들이 없었다면 오늘날의 인간을 그토록 무겁게 압도하는, 회한처럼 내리누르는 그 강력한 문명에서 무엇이 남았겠는가? '고대의 지도자는 무슨 냉혹한 명목과 무슨 기이한 사랑을 내세워 산 위에 신전을 세우라고 강요하고, 그렇게 그들의 영원성을 세울 것을 명령했을까?' 리비에르는 또한 저녁마다 음악당 주위를 돌아다니는 작은 도시의 소시민들을 떠올렸다. '마구(馬具)처럼 무겁고 둔한 행복…….' 고대의 지도자는 인간의 고통에 대해서 연민을 갖지 않았을지 모르지만, 인간의 죽음에 대해서는 엄청난 연민을 가졌을 것이다. 인간 개개인의 죽음에 대한 연민이 아니라, 바다가 쓸어 버리는 모래와도 같은 인간 종족에 대한 연민 말이다. 그리하여 그는 사막이 파묻어 버리지 못할 돌기둥이라도 세워 놓으려고 백성을 산으로 이끌었던 것이리라.

15

네 번 접은 이 종이가 어쩌면 그를 구해 줄 것이다. 파비앵은 이를 악물고 종이를 펼쳤다.

'부에노스아이레스와 교신 불가능. 손가락에 스파크가 일어서 더 이상 무선기도 조작할 수 없음.'

화가 난 파비앵은 답변을 하고 싶었지만 글씨를 쓰려고 조종간을 놓자 강력한 파고 같은 것이 그의 몸속으로 침투하는 것을 느꼈다. 돌풍이 5톤짜리 강철 속에 들어 있는 그를 들어 올려서 흔들었다. 그는 회답하기를 포기했다.

그의 손이 다시금 파고를 봉쇄하고 누그러뜨렸다.

파비앵은 크게 심호흡을 했다. 만일 무선기사가

폭풍이 두려워서 안테나를 다시 감아 버리면 착륙한 후에 그의 얼굴을 갈겨 버리리라 생각했다. 무슨 수를 써서라도 부에노스아이레스와 교신해야 했다. 15,000킬로미터도 더 떨어진 그곳에서 이 심연 같은 곳에 있는 그들에게 밧줄이라도 던져 줄 것만 같았다. 흔들리는 불빛, 시골 여인숙의 불빛은 거의 쓸모없기는 해도 바다의 등대처럼 육지가 가까이 있음을 입증해 줄 것이다. 하지만 그조차도 보이지 않으니 적어도 어떤 목소리, 이미 그들에게는 존재하지 않는 세상에서 온 유일한 목소리가 필요했다. 조종사는 주먹을 들어 붉은 불빛 아래 흔들어 보이며 뒷자리의 무선기사에게 이 비극적인 진실을 이해시키고자 했다. 하지만 상대방은 매몰된 도시와 꺼져 버린 불빛으로 황폐해진 공간을 내려다보느라 그 진실을 알 수 없었다.

파비앵은 들리기만 한다면 모든 충고를 따를 것이었다. '빙빙 돌라고 한다면 빙빙 돌 것이고, 완전히 남쪽으로 전진하라고 한다면…….' 그 평화로운 대지, 커다란 달빛 아래 펼쳐진 부드러운 대지가 어디엔가 존재하고 있다. 저 아래 있는 동료들, 꽃처럼 아름다운 램프 불빛을 받으며 지도에 몸을 숙이고 있는 전능한 저들, 학자처럼 박식한 저들은 그곳이 어딘지 알고 있을 것이다. 하지만 그는 무얼 아는가? 산사태처럼 빠르게 검은 진창으로 몰아붙이는 돌풍과 어둠밖에는……. 구름 속에서 돌풍과 화염 가운데 빠져 있는 두 사람을 포기할 수 없을 것이다. 그럴 수는 없을 것이다. 파비앵에게 "기수를 240도로……." 라고 명령을 내리면 그는 기수를 240도로 맞출 것이다. 하지만 그는 혼자였다.

그는 기계마저 반항하고 있다는 느낌이 들었다. 아래로 가라앉을 때마다 엔진이 어찌나 요동을 치던지 비행기 전체가 분노에 사로잡힌 듯 흔들렸다. 파비앵은 머리를 조종석에 파묻고 자이로스코프 수평기를 들여다보며 비행기를 제어하는 데 전력을 쏟았다. 바깥은 더 이상 하늘과 땅을 구별할 수 없었다. 그는 모든 것이 뒤섞인 어둠, 세상이 시작되는 어둠 속에서 길을 잃었다. 위치를 가리키는 바늘들은 점점 더 빠르게 흔들려서 읽어 내기가 어려웠다. 이미 그 숫자들에게 속은 조종사는 헛되이 분투하며 고도를 잃어 버렸다. 그는 차츰 어둠 속으로 빨려들고 있었다. 고도계를 보니 '500미터'였다. 그것은 구릉의 높이였다. 그는 구릉들이 자신을 향해 현기증 나는 파도처럼 밀려오고 있다고 생각했다. 또한 손바닥만 한 양으로도 그를 압살시킬 수 있는 땅덩어리가 뿌리 뽑힌 것처럼 그의 주변을 빙빙 돌고 있다고 느꼈다. 그것은 오묘한 춤을 추며 그를 점점 더 옥죄어 왔다.

그는 결심했다. 충돌의 위험을 무릅쓰고라도 어디든 착륙하기로 한 것이다. 최소한 구릉이라도 피하기 위해 그는 단 하나뿐인 조명탄을 터트렸다. 조명탄은 불꽃을 일으키며 빙빙 돌더니 평평한 곳을 비추고는 꺼져 버렸다. 그곳은 바다였다.

'틀렸어! 교정 각도를 40도로 했는데도 이탈했어. 태풍이다. 육지는 어디일까?' 그는 완전히 서쪽으로 방향을 바꾸었다. '조명탄도 없으니 이젠 죽겠군. 무선기사는 분명 안테나를 다시 감았을 거야.' 언젠가는 벌어질 일이었다. 하지만 조종사는 더 이상 그를 원망하지 않았다. 만약 그가 두 손을 놓아 버리면 그들의 생명은 즉시 덧없는 먼지처럼 사라져 버릴 것이다. 그는 자신의 두 손에 동료와 그의 고동치는 심장을 쥐고 있었다. 그러자 갑자기 그 손이 두려워졌다.

그는 거세게 몰아치는 돌풍 속에서 요동치는 조종간을 가라앉히려고 있는 힘을 다해 움켜잡았다. 그렇게 하지 않으면 조종석이 부서져 버릴 것 같았다. 그는 계속해서 조종간을 꽉 움켜잡았다. 그러자 곧 손의 감각이 사라졌다. 그는 손가락을 움직이려고 했지만 말을 듣지 않았다. 그저 무언가 이상한 것이 그의 팔에 매달려 있는 듯했다. 무감각하고 물렁한 가죽 같은 것이……. '뭔가를 움켜쥐고 있다는 사실을 열심히 상상해야 한다.' 하지만 그런 상상이 자신의 손에 전해질지는 알 수 없었다. 이제는 어깨의 통증으로만 조종간의 진동을 감지할 수 있었다. 그는 두려웠다. '조종간이 내 손에서 빠져나갈 거야. 내 손에 힘이 빠질 거야…….' 그는 그런 생각을 했다는 사실에 소스라치게 놀랐다. 왜냐하면 이번에는 자신의 손이 그 막연한 상상의 힘에 복종하여 어둠 속에서 슬그머니 자신을 놓아 버리려는 느낌이 들었기 때문이다.

그는 아직 싸울 수 있고 자신의 운을 시험해 볼 수 있을 것 같았다. 외적인 숙명이란 없으니까. 하지만 내적인 숙명은 있다. 인간이 스스로의 나약함을 깨닫는 순간 그것은 찾아온다. 그러면 온갖 실수가 현기증처럼 우리를 엄습하는 것이다.

바로 그 순간, 그의 머리 위에 폭풍우가 갈라진 틈새로 죽음을 부르는 덫 속의 미끼처럼 몇 개의 별들이 반짝였다.

그는 그것이 분명 덫이라고 생각했다. 구멍 속에서 세 개의 별이 보여, 별을 향해 올라가지만 그다음에는 더 이상 내려올 수 없고, 거기에서 별을 깨물고 머물러야 하는 덫.

그러나 빛에 대한 갈망이 너무 컸던 나머지 그는 올라가고 말았다.

16

그는 별들이 보여 주는 지표 덕분에 돌풍을 잘 피하면서 위로 올라갔다. 희미한 별빛이 그를 잡아끌었다. 빛을 찾아 너무 오래 고생했기에 아주 희미한 빛일지언정 다시는 놓치고 싶지 않았다. 여인숙의 불빛만으로도 풍족해진 그는 그토록 갈망하던 그 신호 주변을 죽을 때까지라도 빙빙 돌 수 있을 것 같았다. 이제 그는 빛의 벌판을 향해 올라가고 있었다.

그는 조금씩 조금씩 나선형을 그리며 자신의 바로 위에서 열렸다가 다시 닫히는 우물 속으로 올라갔다. 그가 위로 올라갈수록 구름들은 어둠의 진창을 털어내고 점점 더 맑고 하얀 파도가 되어 그의 주위를 스쳐 갔다. 파비앵은 솟아올랐다.

그는 극도로 놀랐다. 너무나 밝아서 눈이 부실 정도라 잠시 눈을 감아야 했다. 구름들이 한밤중에 그렇게 눈부시게 빛날 수 있으리라고는 한 번도 생각해 보지 못했다. 하지만 보름달과 온갖 성좌들이 구름을 빛나는 파도로 바꾸어 놓았다.

비행기는 그가 솟구쳐 오르던 바로 그 순간, 놀라울 정도의 평온을 단번에 되찾았다. 비행기를 기울어지게 하는 파도 하나 없었다. 방파제 안으로 들어가듯 그는 평온한 물결로 들어섰다. 그는 축복받은 섬들의 만과도 같은, 숨겨진 미지의 하늘 한 부분으로 들어간 것이다. 바로 밑에서는 폭풍이 돌풍과 폭풍우와 번개로 무장한 3,000미터 두께의 또 다른 세상을 만들어 내고 있었지만, 그것이 별들에게는 수정과 눈 같은 얼굴일 뿐이었다.

파비앵은 천국과 지옥 사이에 있을 법한 낯선 지대로 들어섰다고 생각했다. 왜냐하면 그의 손과 옷 그리고 비행기 날개 등 모든 것이 빛을 발했기 때문이다. 그 빛은 별들로부터 내려온 것이 아니라, 그의 바로 아래 그리고 그의 주변에 쌓여 있는 그 백색의 구름들로부터 퍼져 나왔다.

그의 아래 펼쳐진 구름은 달에서 받은 눈같이 흰 빛을 되쏘고 있었다. 탑처럼 높이 솟은 양옆의 구름 또한 마찬가지였다. 비행기는 우윳빛이 감도는 그 속을 유영했다. 파비앵이 뒷자리를 돌아보니 무선기사가 미소를 짓고 있었다.

"한결 낫네요!"

하지만 무선기사의 목소리는 비행기의 소음 때문에 들리지 않았다. 그들은 단지 서로 미소만 주고받았다. 파비앵은 생각했다. '미소를 짓다니 내가 완전히 미쳐버렸군, 우리는 길을 잃었는데.'

그렇지만 그는 헤아릴 수 없는 모호한 위력에서 풀려났다. 잠시 꽃들 사이를 혼자 거닐어 보라고 풀어 주는 죄수의 수갑처럼, 그를 묶었던 속박이 풀어진 것이었다.

'정말 아름답구나.' 파비앵은 보석처럼 빼곡하게 들어찬 별들 사이를 헤맸다. 그 안에는 파비앵과 그의 동료 이외에 살아 있는 것이라고는 아무것도, 정말이지 아무것도 없었다. 가공의 도시 속에 들어선 도둑들처럼 더 이상 빠져나갈 수 없는 보석 방 안에 갇힌 느낌이었다. 그들은 엄청난 부자가 되었지만, 사형 선고를 받은 채 그 차가운 보석들 사이를 떠돌고 있었다.

17

파타고니아 비행장에서, 코모도로리바다비아의 무선기사가 갑자기 움직이자 무기력하게 철야를 하고 있던 사무실의 모든 사람들이 그의 주변으로 몰려들어 몸을 숙였다.

그들은 강렬한 불빛을 받고 있는 흰 종이를 들여다

보았다. 무선기사의 손은 여전히 머뭇거렸지만 연필은 움직이고 있었다. 아직도 밤 속에 갇혀 있는 사람들의 글자를 받아 적고 있는 그의 손가락은 벌써 떨고 있었다.

"폭풍우인가요?"

무선기사가 그렇다고 고개를 끄덕였다. 폭풍우로 인한 잡음 때문에 소리를 알아들을 수 없었다.

그는 파악하기 힘든 몇몇 기호들을 적었다. 그다음에는 단어들을 적었고, 그런 후에야 다음과 같은 전문을 복원할 수 있었다.

'폭풍 바로 위 3,000미터 상공에 묶여 있음. 바다에서 표류했기 때문에 내륙을 향해 완전히 서쪽으로 운항할 것임. 바로 밑으로는 모든 길이 막혀 있음. 계속해서 바다 위로 비행할 것인지는 모르겠음. 폭풍이 내륙에 퍼져 있는지 알려 주기 바람.'

뇌우 때문에 이 전보를 부에노스아이레스로 전송하려면 여러 기지를 거쳐야 했다. 메시지는 횃불을 전송하듯 밤새도록 이어질 것이다.

부에노스아이레스에서 회신이 왔다.

'내륙 전역에 폭풍. 연료가 얼마나 남아 있나?'

'삼십 분.'

그리고 이 짧은 문장은 철야 근무 중인 각 기지의 무선기사들을 차례로 거쳐 부에노스아이레스에 다시 전달되었다.

승무원들은 그들을 삼십 분 안에 땅바닥으로 내동댕이칠 태풍 속으로 휘말려들 운명에 처해 있었다.

18

리비에르는 깊은 생각에 잠겼다. 이제는 더 이상 희망이 없다. 그 비행기의 승무원들은 한밤중에 어디에선가 침몰해 버릴 것이다.

리비에르는 어린 시절에 충격을 받은 어떤 장면을 기억해 냈다. 시체를 찾기 위해 연못의 물을 비워 내고 있었다. 이번에도 역시 이 어둠 덩어리가 대지에서 물러나기 전에는, 그 모래사장과 벌판과 평원과 밀밭에 햇빛이 다시 드리우기 전에는 아무것도 찾아내지 못할 것이다.

어쩌면 순박한 농부들이, 평화로운 황금 들판과 풀밭 위로 좌초하여 두 팔로 얼굴을 감싸고 잠든 것처럼 보이는 두 젊은이를 발견할지도 모른다. 밤은 그들을 삼켜 버릴 것이다.

리비에르는 전설의 바다처럼 밤의 심연 속에 묻혀 있는 보석들을 생각했다……. 아직은 보이지 않지만 곧 피어날 온갖 꽃들과 함께 아침을 기다리고 있는 그 밤의 사과나무들을. 온갖 향기와 잠든 어린 양들과 아직 색깔을 드러내지 않은 꽃들로 가득한 밤은 풍요롭다.

비옥한 밭고랑들과 물에 젖은 숲과 싱싱한 풀들이 아침을 향해 조금씩 고개를 들어 올릴 것이다. 이제는 위험하지 않은 구릉들 사이에서, 초원들과 어린 양들 사이에서, 그 온순한 세상에서 두 젊은이는 잠들어 있는 것처럼 보일 것이다. 그리고 눈에 보이는 이 세상에서 다른 세상으로 무언가가 흘러갈 것이다.

리비에르는 파비앵의 아내가 근심이 많고 다정다감한 여자라는 것을 알고 있다. 그녀가 누렸던 사랑은 가난한 아이에게 주어진 장난감처럼 그녀에게 잠시 빌려준 것일 뿐이다.

리비에르는 파비앵의 손을 생각했다. 아직도 몇 분 동안 자신의 운명을 조종간에 맡기고 있을 그의 손을. 어루만지던 그 손. 어느 가슴 위에 놓인 신의 손처럼 그 가슴에 동요를 일으키던 손. 어느 얼굴 위에 놓여 그 표정을 달라지게 하던 손. 기적을 일으키던 그 손을.

파비앵은 밤의 장엄한 구름바다를 떠돌고 있지만, 그 아래에는 영원이 가로놓여 있다. 자기 혼자만 살고 있는 성좌 사이에서 그는 길을 잃고 헤매고 있다. 그는 여전히 자신의 손 안에 세상을 쥐고 가슴에 대고 균형을 잡고 있다. 그는 인간의 풍요가 만들어 낸 그 무거운 비행기를 자신의 조종간으로 움켜쥐고, 절망적으로 이 별에서 저 별로 곧 돌려 줘야 할 쓸모없는 보물을 싣고 다니고 있다…….

리비에르는 무전국 하나가 아직도 파비앵의 소리를 듣고 있다는 것을 생각해 본다. 하나의 음파, 가녀린 주파수 하나만이 파비앵을 이 세계에 연결하고 있다. 신음 소리도, 비명도 들리지 않는다. 하지만 그것은 절망이 만들어 낼 수 있는 가장 순수한 소리다.

19

로비노가 그를 고독에서 끌어냈다.

"소장님, 생각을 좀 해 봤는데…… 이렇게 해 보면 어떨까요?"

그는 아무것도 제안할 것이 없었지만 그런 식으로 성의를 내보였다. 그는 해결책을 찾고 싶었을 것이고, 수수께끼를 풀듯 어떤 답을 조금 찾아보았다. 그리고 항상, 리비에르가 절대 귀담아듣지 않았던 답들을 찾아냈다.

"이보게, 로비노. 인생에는 해결책이 없어. 다만 추진력이 있는 거야. 그런 힘을 창출해야 하고. 그러면 해결책은 뒤따라오는 법이네."

그리하여 로비노는 정비사들의 협동 속에서 추진력을 창출하는 일로 자신의 역할을 한정했다. 프로펠러 바퀴를 녹슬지 않게 유지하는 소박한 추진력을.

그날 밤의 사건들은 로비노를 무력하게 했다. 감독이라는 그의 직책은 뇌우에 대해서도, 유령처럼 되어버린 승무원에 대해서도 아무 힘을 미칠 수 없었다. 승무원들은 이제 정근 수당을 위해서가 아니라, 로비노의 처벌을 수포로 돌아가게 할 유일한 처벌인 죽음을 모면하기 위해 싸우고 있었다.

지금으로서는 아무 쓸모가 없는 로비노는 하릴없이 사무실 안을 돌아다녔다.

파비앵의 아내가 면담을 요청했다. 견디다 못해 찾아온 그녀는 직원들의 방에서 리비에르를 기다렸다. 직원들은 몰래 흘깃거리며 그녀의 얼굴을 살폈다. 그녀는 그들의 시선에 수치심 같은 것을 느끼면서 조심스럽게 주위를 둘러보았다. 그곳의 모든 것이 그녀를 거부하는 듯했다. 상대를 무시하듯 자기 일을 계속하고 있는 사람들, 인간의 생명과 고통이 엄격한 숫자의 부산물로만 남게 될 이 서류들. 그녀는 파비앵에 대해 말해 줄 수 있는 표시들을 찾아 헤맸다. 그녀의 집에서는 모든 것이 그의 부재를 보여 주었다. 반쯤 걷힌 침대, 준비된 커피, 꽃다발……. 하지만 여기에서는 그 어떤 표시도 찾아낼 수 없었다. 모든 것이 연민이나 우정, 추억 같은 것에 대립하고 있었다. 누구도 그녀 앞에서 목소리를 높이지 않았다. 때문에 그녀의 귀에 들려온 유일한 문장은 명세서를 요구하는 어느 직원의 욕설이었다.

"……빌어먹을! 우리가 산토스에 보낸 발전기 명세서 말이야."

그녀는 몹시 놀란 표정으로 그 남자 쪽으로 눈길을 돌렸다. 그러고 나서 지도가 걸려 있는 벽을 바라보았다. 그녀의 입술은 보일 듯 말듯 조금 떨리고 있었다.

그녀는 자신의 존재가 이곳에서 적대적인 진실을 드러내고 있다는 점을 불편한 마음으로 짐작했다. 그녀는 여기까지 찾아온 일이 후회되었고, 어디론가 숨어 버리고 싶은 마음까지 들었다. 자신의 모습이 눈에 띌까 두려워서 기침을 하거나 우는 일을 자제했다. 그녀는 마치 벌거벗고 있는 듯한 자신의 모습이 불손하고 부적절하게 느껴졌다. 하지만 그녀의 진실은 너무도 강력해서 흘끔거리며 달아나는 듯한 시선들은 그녀의 얼굴에서 그 진실을 읽어 내려고 꾸준하게 다시 들러붙었다. 이 여인은 아주 아름다웠다. 그녀는 그들에게 행복이라는 신성한 세계를 드러내고 있었다.

그녀는 사람들이 부지불식간의 행동으로 얼마나 존엄한 것을 훼손하고 있는지를 보여 주었다. 그토록 수많은 시선을 받으며 그녀는 두 눈을 감았다. 그녀는 사람들이 자기도 모르는 사이에 어떤 평화를 파괴할 수 있는지를 보여 주고 있었다.

리비에르가 그녀를 맞이했다.

그녀는 자신의 꽃과 준비된 커피와 젊은 육체를 가엾이 여겨 달라고 하소연하러 찾아온 것이었다. 한층 더 냉랭한 이 사무실에서 그녀의 입술이 새삼스레 가냘프게 떨렸다. 이렇게 다른 세계에서는 자신의 진실이 표현될 수 없다는 것을 그녀는 깨달았다. 야성적이라고 할 만한 열렬한 사랑과 헌신이 이곳에서는 뜬금없고 이기적인 모습을 띨 것만 같았다. 그녀는 달아나고 싶었다.

"제가 방해되지요……."

"아닙니다. 부인, 방해되지 않습니다."

리비에르가 말했다.

"불행하게도 부인과 저는 기다리는 일 외에는 다른 도리가 없습니다."

그녀는 어깨를 살짝 들썩였고, 리비에르는 그 몸짓의 의미를 이해했다. '집에 가면 다시 보게 될 그 램프와 준비된 저녁 식사와 꽃들……. 그런 게 다 무슨 소용이겠어요.' 언젠가 한 젊은 어머니가 리비에르에게 고백한 적이 있다.

"저는 아직도 제 아이의 죽음을 이해할 수 없어요. 질기게 남아 있는 건 우연히 다시 찾아낸 아이의 옷 같은 하찮은 것들이에요. 그리고 한밤중에 깨어났을 때 가슴에 치미는 그 사랑……. 이제는 내 젖만큼이나 쓸모없는 것인데도 불구하고 말이에요……."

이 여인에게도 역시 파비앵의 죽음은 내일이 되어서야 겨우 시작될 것이다. 이제는 헛된 일이 되어 버린 그 모든 행위와 물건들 속에서 파비앵은 천천히 그녀의 집을 떠나갈 것이다. 리비에르는 그녀에 대한 연민을 내색하지 않았다.

"부인……."

젊은 여인은 자신의 힘이 얼마나 큰지 모르는 듯 거의 겸손하다고 할 만한 미소를 지으며 물러났다.

리비에르는 다소 갑갑한 마음으로 자리에 앉았다.

'하지만 저 여자는 내가 찾던 것을 발견하도록 도와주었어.'

그는 무심히 북쪽 비행장들에서 보내온 안전 대책에 관한 전보들을 뒤적거렸다. 그는 생각했다. '우리는 영원한 것을 요구하는 게 아니라 어떤 행위나 사물이 갑자기 의미를 상실하는 것을 보지 않기를 바라는 것이다. 그 순간 우리를 둘러싸고 있는 공허함이 드러나게 되고…….'

그의 시선이 전보를 향했다.

'그리고 바로 그런 것들을 통해서 우리에게 죽음이 찾아드는 것이다. 더 이상 아무 의미 없는 이런 전보들을 통해서…….'

그는 로비노를 바라보았다. 이제 아무 쓸모 없어진 저 하찮은 남자는 아무런 의미도 없었다. 리비에르는 그에게 매정하게 말했다.

"내가 자네에게 직접 일을 지시해야 하나?"

그러고 나서 리비에르는 직원들 방으로 향하는 문을 열고 나갔다. 파비앵의 부인은 알아볼 수 없는 분명한 표시들이 파비앵의 실종을 말해 주고 있었다. 리비에르는 그것에 강한 충격을 받았다. 파비앵의 비행기를 표시하는 R. B. 903의 카드가 벽면 게시판에 사용 불가능한 기자재로 분류되어 있었던 것이다.

유럽선 우편기의 서류를 준비하던 직원들은 출발이 지연될 것을 알고 일을 대충 하고 있었다. 지상에서는 승무원을 위해 어떤 지시를 내려야 하는지 전화로 요구해 왔다. 그들은 지금 목표도 없이 철야 근무를 하고 있는 셈이었다. 살아 있는 사람들의 직무가 느슨해지고 있었다. 리비에르는 생각했다. '죽음이란 바로 이런 것이다.' 그의 과업은 바람도 없는 바다 위에서 고장이 난 채 정지해 버린 범선 같았다.

로비노의 목소리가 들려왔다.

"소장님……. 그 부부는 결혼한 지 육 주밖에 안 되었답니다……."

"가서 일하게."

리비에르는 여전히 직원들을 바라보고 있었다. 사무원들 외에도 인부들, 정비공들, 조종사들, 그 모든 사람들이 건설자라는 신념을 가지고 그의 과업을 보조했다. 그는 '섬들'에 대한 이야기를 듣고 배를 만들던 옛

날의 소도시들을 생각했다. 그 배에 그들의 희망을 싣기 위해서, 그들의 희망이 바다를 향해 돛을 올리는 것을 보기 위해서 말이다. 배 덕분에 모두들 위대해졌고, 모두들 자기 자신에게서 벗어났으며, 모두들 구원되었다. '목표는 어쩌면 아무것도 정당화하지 못한다. 하지만 행동은 우리를 죽음에서 구원해 준다. 그들은 그들이 만든 배 한 척으로 오래 살아 버틸 수 있었던 것이다.'

전보들에는 그 온전한 의미를, 밤샘하는 승무원들에게는 그들의 불안을, 조종사들에게는 그들의 극적인 목적을 되찾게 해 줄 때 리비에르 또한 죽음에 대항하여 싸우게 될 것이다. 그때 생명은 이 과업에 다시 생기를 불어넣어 줄 것이다. 바람이 바다에서 범선에 활기를 불어넣듯이.

20

코모도로리바다비아에서는 더 이상 아무 소리도 들려오지 않았다.

하지만 여기서 1,000킬로미터 떨어진 바이아블랑카

에서는 이십 분 후에 두 번째 메시지를 포착했다.

'하강하고 있음. 구름 속으로 들어감…….'

그 후 분명치 않은 전문에서 두 개의 단어만이 트렐레우의 기지에 나타났다.

'……아무것도 보이지…….'

단파(短波)는 이런 식이었다. 저쪽에서는 소리가 잡히는데, 여기서는 들리지 않는다. 그러다가 아무 이유 없이 모든 것이 변한다. 위치를 알 수 없는 그 승무원들은 시공간을 초월한 곳에서, 살아 있는 사람들에게 자기들의 존재를 알리고 있었다. 그리고 무전국의 흰 종이 위에는 이미 유령이 되어 버린 글자들이 적히는 것이다.

연료가 다 떨어진 것일까? 아니면 비행기가 정지하기 전에 충돌 없이 착륙하려고 조종사가 마지막 카드를 쓰는 것일까?

부에노스아이레스의 목소리가 트렐레우에 명령을 내렸다.

"무슨 일인지 물어보시오."

무전국의 수신실은 실험실과 흡사하다. 니켈과 구리, 전압계 그리고 전선 다발이 널려 있다. 흰 작업복을 입고 말없이 일하는 철야 작업자들은 간단한 실험을 하느라 몸을 숙이고 있는 것처럼 보였다.

그들은 섬세한 손가락으로 기구들을 만지며, 금맥을 찾는 채굴자처럼 전자 하늘을 탐색한다.

"대답이 없나?"

"없습니다."

살아 있다는 표시가 될 음들이 들려올지도 모른다. 만일 비행기와 그 전면의 등이 별들 사이로 다시 올라오면 그 별이 부르는 노래가 들려올지도 모른다…….

몇 초가 흘렀다. 정말이지 시간이 피처럼 흐르고 있었다. 비행은 아직도 계속되고 있을까? 매 초가 기회를 앗아가고 있었다. 그리고 그렇게 흐르는 시간이 무언가를 파괴하는 듯했다. 20세기에 걸쳐 시간이 사원을 건드리고, 화강암 속에 길을 내고, 사원을 먼지로 만들어 흩어 버리는 것처럼, 일 초 일 초의 시간 속에 마모의 세월이 응축되어 승무원들을 위협하고 있었다.

일 초 일 초가 무언가를 앗아가고 있었다.

파비앵의 목소리, 웃음, 그 미소를. 침묵은 점점 더 무거워지더니 마침내 육중한 바다처럼 승무원들을 짓눌렀다.

그때 누군가가 말했다.

"한 시 사십 분입니다. 연료의 최종 한계 시간이에요. 그들이 아직도 비행한다는 건 불가능합니다."

그리고 정적이 흘렀다.

긴 여행의 끝에 이르렀을 때처럼 씁쓸하고 역겨운 무언가가 입가로 치올라 왔다. 아무것도 알 수 없는 무슨 일인가가 끝장이 났다. 조금은 불쾌한 어떤 일이. 널브러진 니켈과 구리 선들 사이로 폐허가 된 공장에 감도는 우울함이 느껴졌다. 이 모든 장비들이 무겁고 쓸모없고 용도 폐기된 것처럼 느껴졌다. 죽은 나뭇가지의 무게처럼.

날이 밝기를 기다리는 수밖에 없었다.

몇 시간 후면 아르헨티나 전역에 해가 떠오를 것이다. 그리고 사람들은 여기 그대로 머물러 있을 것이다. 모래사장에서 그물 안에 뭐가 들어 있는지 모르는 채로 그물을 천천히 끌어당기는 사람들처럼.

자기 사무실로 돌아온 리비에르는 인간이 운명에서 자유로워질 때 느끼는, 커다란 재난 앞에서만 가능한 그런 긴장의 이완을 느꼈다. 그는 지방 경찰에 연락해 지원을 요청했다. 더 이상은 아무것도 할 수 없었다. 기다려야만 했다.

하지만 초상집에도 질서는 유지되어야 한다. 리비에르는 로비노에게 신호를 보냈다.

"북쪽 비행장들에 이렇게 전보를 보내게. '파타고니아선 우편기의 상당한 연착이 예상됨. 유럽선 우편기가 너무 지체되지 않도록 파타고니아 우편기를 다음번 유럽선 우편기와 한데 묶을 것임.'

그는 몸을 앞으로 조금 구부렸다. 애써 무언가를 기억해 냈다. 중요한 것이었는데. 아, 그렇지! 그리고 그것을 잊지 않기 위해 말했다.

"로비노."

"예, 소장님."

"문서 하나 작성하게. 조종사들에게 1,900회 이상의 엔진 회전을 금지시키는 문건 말일세, 그렇게 하지 않으면 엔진이 망가지네."

"잘 알겠습니다, 소장님."

리비에르는 좀 더 몸을 숙였다. 무엇보다도 그는 혼자 있고 싶었다.

"가 보게 로비노, 어서 나가 봐."

로비노는 불행의 그림자 앞에서도 한결같은 그의 모습에 두려운 마음이 들었다.

21

로비노는 침울한 기분으로 사무실을 어슬렁거렸다. 두 시로 예정되었던 유럽선 우편기가 취소되고 날이 밝도록 못 떠날 테니 회사의 생명은 정지된 셈이다. 굳은 표정의 직원들이 여전히 밤을 새우고 있었지만, 그런 야근은 쓸데없는 일이었다. 북쪽 비행장들에서는 계속해서 재난 방지를 위한 메시지를 규칙적으로 보내왔다. 하지만 그들이 보내는 '하늘 맑음', '보름달', '바람 없음' 따위의 전언들은 불모지가 되어버린 왕국을 떠올리게 했다. 달과 돌멩이만 있는 사막. 로비노는 사무실 주임이 작업하고 있던 서류 하나를 딱히 이유도 없이 뒤적거렸다. 그러다 그는 맞은편에서 있던 주임이 무례할 정도로 예의를 지켜 가며 그것을 돌려주기를 기다리고 있다는 것을 깨달았다. 그의 태도는 '뭘 원하세요, 그건 제 것 아닌가요?'라고 말하고 있었다. 부하 직원의 그런 태도에 감독관은 못마땅했지만 어떤 반박도 할 수 없었다. 그는 심기가 불편한 상태로 서류를 돌려주었다. 사무실 주임은 대단히 기품 있는 모습으로 제자리로 돌아가 앉았다. '저자를 쫓아냈어야 했는데.'라고 로비노는 생각했다. 그리고 침착하게 잠시 걸으며 오늘 밤의 참극에 대해 생각했다. 이 사건으로 인해 회사의 방침이 철회될 것이라 생각하니 로비노는 더욱 슬퍼졌다.

그러다가 그는 사무실에 틀어박혀 있는 리비에르의 모습이 떠올랐다. 그는 자신을 '여보게…….'라고 불러 주던 사람이었다. 리비에르가 이 정도로 지지를 잃은 적은 없었다. 로비노는 그에 대한 깊은 연민을 느꼈다. 그는 머릿속을 뒤져 막연하게나마 그를 위로해 줄 문장들을 찾아보았다. 아주 아름답게 느껴지는 감정이 그를 부추겼다. 그리고 그는 부드럽게 문을 두드렸다.

대답이 없었다. 그런 침묵 앞에서 문을 더 세게 두드릴 엄두가 나지 않자 그는 그냥 문을 밀었다. 리비에르는 거기 있었다. 로비노는 약간은 친구처럼, 혹은 총탄 아래서 부상당한 장군과 합류하여 그를 퇴로로 이끌어 유형지에서 그의 형제가 된 중사 같은 기분으로, 생전 처음 단도직입적으로 리비에르의 사무실로 들어섰다. 로비노의 태도는 '무슨 일이 벌어지든 당신과 함께 있겠습니다.'라고 말하는 듯했다.

리비에르는 입을 다문 채 고개를 숙이고 자신의 손을 들여다보고 있었다. 그 앞에 선 로비노는 감히 입을 열 수 없었다. 사자는 비록 쓰러졌을지언정 위협적이었다. 로비노는 더욱더 헌신적인 말들을 준비했지만, 눈을 들 때마다 4분의 3쯤 기울어진 리비에르의 얼굴과 잿빛 머리칼과 엄청난 고통으로 꽉 다물어진 입술과 마주쳤다. 마침내 그는 결심했다.

"소장님……."

리비에르는 고개를 들고 로비노를 바라보았다. 그는 너무나 깊고 먼 생각에서 빠져나온 탓에 로비노가 거기 있다는 사실조차 아직 알아채지 못한 것 같았다. 그가 어떤 생각을 했는지, 무엇을 느꼈는지, 어떤 큰 슬픔이 그의 마음에 깃들었는지는 아무도 알 수 없었다. 리비에르는 마치 무언가 살아 있는 증거인 양 로비노를 한참 동안 바라보았다. 로비노는 거북해졌다. 리비에르가 로비노를 바라볼수록 리비에르의 입술 위에는 알 수 없는 조롱이 그려졌다. 리비에르가 로비노를 바라볼수록 로비노의 얼굴이 점점 더 붉어졌다. 그리고 로비노는 감동적이지만 불행하게도 직설적인 선의를 가지고 리비에르에게 인간의 어리석음을 증명하기 위해 이곳에 나타난 것처럼 보였다.

로비노는 당혹스러웠다. 중사도 장군도 총알도 더 이상 통하지 않았다. 설명할 수 없는 무슨 일인가가 일어나고 있었다. 리비에르는 여전히 그를 바라보고 있었다. 어쩔 수 없이 로비노는 자세를 바로잡고 왼쪽 주머니에서 손을 꺼냈다. 리비에르는 여전히 그를 쳐다보고 있었다. 그러자 마침내 몹시 거북해진 로비노는 이유도 모른 채 말을 내뱉었다.

"명령을 받으러 왔습니다."

리비에르는 손목시계를 당겨 보더니 간단하게 말

했다.

“두 시로군. 아순시온선 우편기가 두 시 십 분에 착륙할 걸세. 유럽선 우편기를 두 시 십오 분에 이륙시키게.”

로비노는 그 놀라운 소식을 퍼뜨렸다. 야간 비행이 중단되지 않을 것이라는 소식을. 그리고 로비노는 사무실 주임에게 말했다.

“그 서류를 검토해야 하니까 나에게 가져오게.”

그리고 사무실 주임이 서류를 들고 그의 앞에 나타나자 로비노는 말했다.

“기다리게.”

사무실 주임은 기다렸다.

22

아순시온선 우편기가 곧 착륙한다는 기별을 보내왔다.

리비에르는 최악의 시간 속에서도 전보들을 일일이 검토해 가며 우편기의 순조로운 진행을 지켜보았다. 이런 당혹감 속에서도 그렇게 하는 것이 그로서는 자기 신념에 대한 설욕이자 증명이었다. 이 순조로운 비행은 전보를 통해 다른 수많은 비행들 역시 순조롭게 이루어질 것임을 예고했다. '매일 밤 태풍이 오는 건 아니지.' 리비에르는 또 생각했다. '일단 길이 한번 뚫리고 나면 그 길을 가지 않을 수 없어.'

꽃이 활짝 피어 있고 낮은 집들과 천천히 흐르는 시냇물이 풍요롭게 펼쳐진 근사한 정원에서 내려오듯, 파라과이로부터 여러 비행장을 차례로 거쳐 온 비행기는 별 하나 흐리게 하지 않는 태풍을 벗어나 미끄러지듯 내려왔다. 여행용 담요에 몸을 둘둘 감싼 아홉 명의 승객은 보석이 가득한 진열창을 바라보듯 비행기 창에 이마를 기대고 있었다. 아르헨티나의 작은 도시들이 별빛보다 창백한 달빛 아래에서 벌써 한밤중의 노란 불빛들을 점점이 드러내고 있었기 때문이다. 선두의 조종사는 양치기처럼 달빛을 가득 담은 두 눈을 크게 뜨고 인간의 생명이라는 귀중한 짐을 자신의 두 손으로 떠받치고 있었다. 부에노스아이레스의 지평선은 이미 장밋빛 등불로 가득 찼고, 이제 곧 신비한 보물 같은 온갖 보석으로 반짝일 것이다. 무선기사는 마지막 전보를 타전했다. 그것은 그가 하늘에서 손가락으로 즐겁게 두드려 대던 소나타의 마지막 음표들 같았다. 리비에르는 그 노래를 알고 있었다. 그런 다음 그는 안테나를 되감고, 기지개를 켠 다음 하품을 하며 미소를 지었다. 이제 도착한 것이다.

착륙한 조종사는 주머니에 두 손을 찌른 채 비행기에 기대서 있던 유럽선 우편기의 조종사를 쳐다보았다.

"이제 자네 차례인가?"

"그래."

"파타고니아 비행기는 왔어?"

"기다리지 않기로 했어. 실종이야. 날씨는 좋은가?"

"아주 좋아. 파비앵이 실종된 거야?"

그러나 그 이야기는 길게 하지 않았다. 깊은 동지애는 긴 말이 필요 없었다.

아순시온 비행기에서 전달받은 행낭들은 유럽선 비행기로 옮겨 실렸다. 여전히 꼼짝도 하지 않고 있던 조종사는 머리를 뒤로 젖히고 목덜미를 조종석에 기댄 채 별들을 바라보았다. 그는 자기 내부에 엄청난 힘이 솟아나는 것을 느꼈다.

"실었나?"

누군가 물었다.

"그럼, 스위치."

조종사는 움직이지 않았다. 누군가 엔진을 작동시켰다. 조종사는 이제 곧 비행기에 기대고 있는 자신의 두 어깨에서 그 비행기가 살아 움직이는 것을 느끼게 될 것이다. 떠날 것이다……. 못 떠날 것이다……. 떠난다! 그토록 수많은 헛소문이 돈 후에 마침내 조종사는 안심하고 떠날 것이다. 그의 입이 살짝 열리며 달빛 아래 그의 치아가 어린 맹수의 이빨처럼 빛났다.

"조심해, 밤이니까. 알았지!"

그는 동료의 충고를 듣지 못했다. 주머니에 손을 찌르고 머리를 뒤로 젖혀 구름과 산들과 강과 바다를 마주하고 이제 그는 조용히 웃기 시작했다. 희미한 웃음이었지만 그것은 나무에 이는 미풍처럼 그의 온몸을 떨리게 했다. 희미한 그것은 이 구름과 산과 강, 그리고 바다보다 훨씬 더 강력한 웃음이었다.

"무슨 일이야?"

"그 어리석은 리비에르 말야……. 내가 겁먹고 있다

고 생각하잖아!"

23

조금 있으면 비행기는 부에노스아이레스의 상공을 지날 것이다. 자신의 싸움을 재개한 리비에르는 비행기 소리를 듣고 싶었다. 별들 속으로 전진하는 군대의 힘찬 발걸음처럼 굉음을 내기 시작하며 요란하게 울리다가 희미하게 사라지는 비행기 소리를 듣고 싶었다.

리비에르는 팔짱을 끼고 직원들 사이를 지나다녔다. 그는 창문 앞에 멈춰 귀를 기울이더니 생각에 잠겼다.

단 한 차례의 출발이라도 중단시켰다면 야간 비행의 명분을 잃어버렸을 것이다. 하지만 내일 당장 리비에르의 생각을 반박해 올 마음 약한 자들을 앞질러 그는 또 다른 승무원들을 밤 속으로 떠나보냈다.

승리…… 패배…… 이런 말들은 아무 의미가 없다. 생명이란 이런 말들의 이미지보다 더 깊은 곳에 있으며, 이미 새로운 이미지들을 준비하고 있다. 한 번의 승리는 한 민족을 약화시키고, 한 번의 실패는 다른 민족을 각성시킨다. 리비에르가 감내한 패배는 어쩌면 진정한 승리에 가까이 다가서는 하나의 약속일 것이다. 오직 전진하는 사건만이 중요하다.

오 분 후에 무전국들은 모든 비행장에 경보를 보낼 것이다. 15,000킬로미터에 걸쳐 퍼지는 생명의 전율이 모든 문제를 해결해 줄 것이다.

벌써 비행기라는 오르간의 노랫소리가 고조되고 있다.

그리고 리비에르는 느릿한 걸음으로 자신의 일터로, 그의 엄격한 시선에 복종하는 직원들 사이로 돌아간다. 무거운 승리를 짊어지고 있는 위대한 리비에르, 승리자 리비에르.

절제된 영웅 서사시《야간 비행》

행동주의 문학과 생텍쥐페리

생텍쥐페리가 작가로 활동하던 1930년대의 유럽은 제1차 세계대전의 후유증 속에서 전 세계적인 경제공황을 겪어 내며 파시즘의 부상을 목도하고 있었다. 이제 작가들은 전 시대의 문학과 예술이 몰두하던 무상(無償)의 행위나 기발한 심미적, 지적 모험의 도취에서 벗어나 역사와 사회로 눈을 돌려 인간의 문제를 진지하게 성찰하게 되었다. 기존의 이데올로기에 편입되기보다 좀 더 근본적인 인간의 문제에 대해 고민한 일군의 작가들은 '행동으로 가치를 표명'하고자 했고, 집념에 사로잡힌 행동가의 모습을 작품 속에 투영하게 된다. 이것이 바로 앙드레 말로, 생텍쥐페리, 몽테를랑으로 대표되는 행동주의 문학이다. 인간의 근본 조건과 사회 · 역사적인 문제 사이의 접점을 모색하던 행동주의 문학은 곧이어 나타날 실존주의 문학과 밀접한 관계를 맺게 된다.

행동주의 작가들은 '영웅적이고 모험적이며 기사도적인' 태도로 작품과 삶의 합일점을 찾아내려 했고, '삶이 곧 작품'이 되는 글쓰기에 몰두했다. 그들은 위기의 극복을 위해 무엇보다 '행동'에 가치를 두었으며, 글을 쓰기 전에 우선 모험적인 행동에 뛰어들었고, 그것을 작품으로 일궈 냈다. 때로는 죽음에 맞서기도 하는 이 모험들은 단지 한 개인의 영웅담으로 그치지 않고, 인류의 위대한 힘을 보여 주려는 의지로 이어져 오욕과 위기에 짓눌린 인간의 존엄성을 회복하고 증언하는 데 기여했다. 이들 행동주의 작가들은 유럽 문명의 틀을 넘어 보다 넓은 시야로 세계를 무대로 삼았으며, 그것을 통해 휴머니즘을 옹호하는 입장으로 나아가게 된다.

두말할 것도 없이 생텍쥐페리에게 행동은 곧 비행을

의미했다. 리용 부근의 귀족 가문에서 태어난 생텍쥐페리는 네 살 때 아버지를 여의었지만 모친의 사랑 속에 다섯 형제자매와 더불어 행복한 유년을 보낸다. 열두 살 때 처음으로 타 본 비행기는 그를 몹시 감동시켰고, 이때의 황홀한 경험을 시로 써 내어 선생님으로부터 칭찬을 받게 된다. 이 작은 사건은 "나에게 비행하는 일과 글 쓰는 일은 하나이다."라고 말하게 될 훗날의 매력적인 작가의 탄생을 예고한다.

생텍쥐페리는 당시의 전통적인 학교 교육 이외에 비행과 그에 관련된 기계적인 것에 대한 취향을 일찌감치 드러낸다. 군복무 시절(1921~1926년)에 이미 최초의 단독 비행을 이루어 낸 그는 조숙하고 냉정한 성품으로 라테코에르 항공사에 조종사로 입사하게 된다. 라테코에르 항공사는 전 세계 민간 항공의 선구적인 회사로서, 1927년에 우편기 회사가 되며 1933년에 에어프랑스에 합병된다. 생텍쥐페리를 라테코에르의 조종사로 불러들인 사람은 항로 책임자 디디에 도라(Didier Daurat)였다. 《야간 비행》의 주인공 리비에르의 실존 인물이기도 한 이 사람은 생텍쥐페리에게 커다란 감명을 준 직장 상사였으며, 일찍이 아버지를 잃은 생텍쥐페리가 부성애를 느낄 정도로 지대한 영향력을 끼치게 된다. 존경받을 만한 상사의 모델이던 이 인물에게 《야간 비행》이 헌정된 것은 지극히 당연한 일이었다. 생텍쥐페리는 조종사로 활동하면서 동지애, 자기 극복, 남성적 용기, 인간관계와 비행의 의미 등 그의 전 작품에서 다루어질 중요한 가치들을 체험하게 된다.

절제된 서술로 인간 행동의 의의를 질문하다

1931년에 출간된 《야간 비행》은 생텍쥐페리의 두 번째 소설이다. 발표 즉시 독자와 평단의 대단한 호평을 받은 이 소설은 그해 페미나(Femina)상을 수상하며 작가의 이름을 널리 알리게 한 작품이기도 하다. 당시의 대문호 앙드레 지드의 찬탄으로 한층 더 빛을 발한 이 소설은 곧 전 세계로 번역되어 나갔고, 1933년에는 영화로도 제작되어 큰 성공을 거두었다.

《야간 비행》은 상업 항공이 탄생하던 무렵인 1920년대 남아메리카의 항공 기지(부에노스아이레스)를 배경으로 하고 있다. 1920년대는 19세기에 시작된 산업

화와 기술 발전이 정신의 진보를 향해 가던 시기였다. 교통과 통신 수단이 발전하고 도시화와 개발이 이어졌으며, 인쇄술과 영화를 통한 이미지의 보급이 비약적으로 확대되기 시작했다. 외형적인 발전에 따른 사회의 변모는 세계관의 전복으로 이어졌다. 기술의 발달은 개인의 지각을 변화시켰고, 문명은 현대화를 향해 열렸다. 초월이나 극복에 대한 생각이 삶의 모든 분야에서 실체화되기 시작하면서 사회적 측면에서는 전통적 가치들의 전복이 일어났고, 개인들은 행동을 통해 자아의 극복을 시도하게 되었다. 《야간 비행》에서 파비앵과 리비에르라는 두 인물에게 나타나는 자기 초월이나 극복의 모습은 이러한 사회의 변화와 결코 무관하지 않을 것이다.

항공사의 항로 개발 책임자인 리비에르는 비행기가 기차나 선박 같은 기존의 운송 수단들과의 속도 경쟁에서 살아남을 수 있는 수단으로 야간 비행을 강력하게 주장한다. 당시만 해도 야간 비행을 위한 항공 기술은 아직 초보 단계였다. 게다가 불확실한 기후는 언제나 불시의 위협을 준비하고 있었고, 산악 지대의 지형

들은 곳곳에 보이지 않는 위험을 내장하고 있었다. 이렇듯 불안한 조건들 때문에 여론은 물론이고, 항공사 관계자들조차 야간 비행에 대해 전혀 호의적이지 않았다. 《야간 비행》은 바로 이런 상황 속에서 한 조종사의 비극적인 죽음에도 불구하고 야간 비행에 대한 불굴의 의지를 관철시키는 책임자의 모습을 절제된 서술로 교직해 낸 장엄한 서사시와도 같은 소설이다.

부에노스아이레스의 공항에서는 세 편의 야간 우편기를 기다리고 있다. 각기 칠레, 파라과이(아순시온), 파타고니아에서 출발한 이 우편기들은 서쪽과 북쪽 그리고 남쪽에서 아르헨티나를 향해 오고 있다. 이 비행기들이 무사히 도착해야 그로부터 우편 행낭을 옮겨 실은 유럽선 우편기가 출발하게 된다. 칠레와 파라과이선 우편기는 정시에 도착했으나 파타고니아 비행기는 연착하고 있다. 만일 파타고니아 우편기가 사고라도 당하면 리비에르가 주도하던 야간 비행은 반대론자들의 항의에 직면하여 중단될 위험이 있었다. 조종사 파비앵이 모는 파타고니아선 비행기는 악천후를 만나 안데스 산맥 부근에서 실종되고 만다. 부에노스아이레스

항공 기지에서는 아무리 강직한 리비에르일지라도 야간 비행이 당분간 차질을 빚을 것이라고 예상한다. 하지만 리비에르는 유럽선 우편기의 출발을 명령하고 야간 비행은 다시 순조롭게 이어지는 것으로 소설은 끝난다.

파비앵이 몰고 있는 파타고니아 우편기가 맞이한 비극적 운명, 그들의 무사 귀환을 기다리는 리비에르를 비롯한 항공 기지 직원들의 초조한 야간작업. 비행기의 실종이라는 단 하나의 사건을 하룻밤의 시간 속에 담아 낸 이 소설은 줄거리 자체로만 보면 극도로 단순하다. 소설 전체는 조종석과 비행장이라는 두 개의 공간을 오가며 단 하루 동안 진행된다. 간혹 주변 인물들의 소소한 이야기가 끼어들기는 하지만 주된 인물의 특징을 부각시키는 데 기여할 뿐 극적인 반전을 가져오지는 않는다. 이처럼 단순한 줄거리를 가진 이 소설의 진정한 힘은 각각의 인물이 겪어 내는 내면의 투쟁에서 비롯한다.

소설은 파비앵과 리비에르라는 두 인물을 중심으로 전개되며, 각기 다른 공간에 위치한 두 사람을 따라 두 개의 서술이 교차되고 있다. 한편으로는 파타고니아선 내부에서 조난에 대처하는 조종사 파비앵의 사투를 그려 내고, 다른 한편으로는 부에노스아이레스의 비행장에서 책임자로서의 갈등을 겪어 내는 리비에르의 내면을 그려 나가는 것이다.《야간 비행》은 이 두 개의 서술을 교직해 나가면서 하늘과 지상이라는 두 개의 공간을 무대로 비행이라는 행동이 인간에게 가져다주는 의미를 사유하고 있다.

야간 비행은 지상에서의 평온한 삶을 대가로 치르게 되며, 그것은 인류 전체의 이익을 내세워 이루어지는 모든 행동에 가려진 개인적 희생의 의미를 반성하게 한다. 개인의 소소한 행복을 희생시켜 도달한 인간의 위업은 과연 가치 있는 일인가? 그렇다면 누구에게? 그리고 희생된 개인은 자기 삶의 의미를 어디서 어떻게 찾아낼 것인가?

파비앵이 비행기 아래로 보이는 마을의 따스한 불빛과 저녁 식탁 아래 모여든 식구들의 안온한 삶을 그리워할 때, 실종된 남편의 소식을 듣고 달려온 조종사 아내의 눈물을 마주한 리비에르가 곤혹스러운 심정을 드러낼 때, 우리는 생텍쥐페리가 이 소설을 쓰면서 고민했던 문제의 핵심을 들여다보게 된다. 다리를 건설하다가 죽은 인부와 그 다리가 마을의 모든 사람들에게 가져다줄 편리함 사이에서, 잉카의 사원을 짓느라 죽어 간 수많은 백성들과 그 웅장한 사원이 후대의 사람들에게 가져다준 장엄한 감동 사이에서 리비에르, 또는 생텍쥐페리의 고뇌는 깊어질 수밖에 없다.

그는 페루의 잉카에 있는 오래된 태양신의 사원을 떠올렸다. 산 위에 곧게 세워진 그 돌기둥들. 그 돌기둥들이 없었다면 오늘날의 인간을 그토록 무겁게 압도하는, 회한처럼 내리누르는 그 강력한 문명에서 무엇이 남았겠는가? '고대의 지도자는 무슨 냉혹한 명목과 무슨 기이한 사랑을 내세워 산 위에 신전을 세우라고 강요하고, 그렇게 그들의 영원성을 세울 것을 명령했을까?' 리비에르는 또한 저녁마다 음악당 주위를 돌아다니는 작은 도시의 소시민들을 떠올렸다. '마구(馬具)처럼 무겁고 둔한 행복…….' 고대의 지도자는 인간의 고통에 대해서 연민을 갖지 않았을지 모르지만, 인간의 죽음에 대해서는 엄청난 연민을 가졌을 것이다. 인간 개개인의 죽음에 대한 연민이 아니라, 바다가 쓸어 버리는 모래와도 같은 인간 종족에 대한 연민 말이다. 그리하여 그는 사막이 파묻어 버리지 못할 돌기둥이라도 세워 놓으려고 백성을 산으로 이끌었던 것이리라.

리비에르가 고민하는 문제는 인류사에 살아남을 위대한 가치에 대한 단순한 옹호로 해결되는 것이 아니라, 그것을 위해 치러야 했던 '개인의 희생을 어떻게 받아들여야 하는가?'라는 쉽지 않은 질문을 건드리고 있다. 그의 기나긴 명상의 끝은 인간의 영원성에 다다르고 있는 듯하다. '목표는 아무것도 정당화하지 못하지만 (목표에 이르는) 행동은 (우리를) 죽음으로부터 구원해 준다.'라는 말에서 볼 수 있듯이 생텍쥐페리는 행동을 통한 인간의 영원성을 대답으로 제시하고 있다. 소시민이 누리는 행복, 저녁 식탁 앞의 평온함, 이 모든 것들은 시간이 지나면 언젠가는 다 사라질 것이다. 그렇다면 차라리 잉카 문명의 돌기둥 같은 영원성으로 인간의 죽음을 극복하는 것이 낫지 않을까……. 이러한 영원성에의 의지(이것을 '意志'와 '依支'로 함께 이해하고 싶다!)가 바로 야간 비행이라는 위험한 과업을 강행하는 리비에르의 속내일 것이다.

생텍쥐페리는 하늘을 나는 동안은 명상을 했고, 지상에서는 글을 쓰면서 평생을 산 사람이다. 그에게 행동은 명상의 결론이고, 그것의 실천이었다. 우편기를 조종하든, 정찰 임무를 띤 전시 조종사든, 그는 끊임없이 명상을 지속했으며, 그 명상은 행동의 밀도를 저울질하고 행동의 이유와 방향을 모색하는 일이었다. 첫 소설《남방 우편기》부터 불시착한 조종사의 눈에 비친《어린 왕자》에 이르기까지 그는 언제나 하늘을 나는 조종사의 시선으로 세상과 인간의 문제를 성찰했다.

《야간 비행》은 리비에르의 결연한 의지로 끝을 맺지만 작품의 의미는 단지 단호한 행동 자체에만 머물지 않는다. 오히려 작가는 하나의 행동 뒤에 남을 수밖에 없는 번민과 갈등에 좀 더 세심한 눈길을 던지고 있는 듯하다. 행동만이 인간을 죽음에 대한 두려움에서 벗어나게 해 줄 것이라는 믿음에도 불구하고 고뇌의 과정 자체가 더 의미 있는 생각거리를 가져다주기 때문이다. 안데스 산맥 어디에선가 휘몰아치는 폭풍우 속에서 조종간을 움켜쥐고 방향을 잡으려 했던 파비앵의 머릿속에, 부하 직원의 실종 소식 앞에서도 야간 비행의 출발 명령을 내린 리비에르의 가슴 한편에, 풀릴 수 없는 질문과 의혹은 마지막 순간까지 남아 있었을 것이다.

윤정임

| 작가 연보 |

1900년 6월 29일 프랑스 남서부 도시 리옹에서, 귀족인 아버지 장 드 생 택쥐페리 백작과 음악가이자 화가인 어머니 마리 드 퐁스콜롱브의 5남매 중 셋째(2남 3녀 중 장남)로 태어났다.

1904년 아버지가 갑자기 역에서 뇌출혈로 쓰러져 사망하자, 뷔제 지방에 있는 숙모의 생모리스드레망 성채와 바르 지방에 있는 외할머니의 라몰 성채를 오가며 생활했다. 여자들에 둘러싸여 자라며 관대한 보살핌을 받아서인지 반대를 잘 받아들이지 못했고, 형제들에게 명령하기를 좋아해서 '태양왕'이라고 불렸다.

1909년 온 가족이 레망으로 이사했다. 예수회가 운영하는 노틀담드 생크루아학교에 입학했는데, 살짝 들린 코끝 때문에 친구들에게 놀림을 받았다.

1910년 새처럼 하늘을 날고 싶다는 열망에서 '하늘을 나는 기계'를 고안해서 목수의 도움을 받아 '돛 달린 자전거'로 만들었는데, 구덩이에 처박히는 결과로 끝났다.

1912년 자전거로 성채에서 6킬로미터쯤 떨어진 앙베리외 비행장을 찾아가서, 조종사에게 '어머니 허락을 받았다'고 거짓말을 하고 생애 처음 비행기를 탔다.

1914년 남동생 프랑수아와 함께 빌프랑슈쉬르손에 있는 콜레주몽그레중학교에 입학했다가, 건강상의 이유로 석 달 뒤 스위스 프리부르에 있는 마리아니스트 수도회 소속 빌라생장중학교로 전학했다. 3년간 기숙사생으로 지내면서 발자크, 보들레르, 도스토옙스키 등을 알게 되었다.

1917년 대학 입학 자격시험에 합격했다. 그런데 학교 기숙사에서 함께 지내던 동생 프랑수아가 심낭염으로 사망하는 사건이 발생한다. 남동생이 고작 열네 살에 자신의 팔에 안겨 사망한 일은 앙투안의 마음에 깊은 상처를 남겼다. 해군사관학교에 들어가기 위해 보쉬에고등학교와 생루이고등학교에서 공부했다.

1919년 해군사관학교의 필기시험은 합격했으나 면접에서 낙방하자, 파리의 에콜데보자르미술학교 건축과에 갔다. 차츰 과학 외에 문학도 진지하게 받아들이면서 어머니의 사촌인 이본 드 레스트랑주 부인의 도움으로 파리문단에 발을 들였다. 이때 19세 청년 앙투안은 첫사랑인 17세 루이즈 드 빌모랭을 만났다.

1921년 입대할 나이가 되자 4월에 공군에 지원, 스트라스부르그 노이호프에 있는 제2비행여단에 배속되었다. 하지만 공군조종사가 되기 위해 필요한 민간자격증이 없어서 활주로 정비 등 지상근무에 배치되자, 어머니가 보내주는 돈으로 민간자격증을 취득해서, 결국 6월 모로코 카사블랑카 제37전투연대 조종사가 되었다. 그런데 첫 비행부터 명령에 불복하고 자신의 취향대로 비행하는 돌출 행동을 해서 사고가 잦았으니, '비행기를 부수는 사람'이라는 불명예가 평생 앙투안을 따라다닌다. 장 지로두, 장 콕토 등의 문학에 지속적인 관심을 유지했다.

1922년 2월 소위로 임관한 후, 카사블랑카를 떠나 부르제 제33비행연대 정찰부대로 갔다.

1923년 비행기 추락으로 두개골 골절상을 입었다. 루이즈와 약혼하고, 그녀 가족들이 조종사라는 위험한 직업을 반대하자 6월 예비역 소위로 제대하고 파리에서 회계사로 취직했다. 하지만 9월 루이즈와 파혼한다.

1924년 소레 자동차 회사로 직장을 옮겨서 트럭 세일즈맨으로 근무했다. 지방 출장의 외로움을 술과 습작으로 달랬다.

1925년 파리에 들를 때마다 이모 집에 머물면서 앙드레 지드, 장 프레보 등의 유명 문인들과 친분을 맺었다.

1926년 4월 장 프레보의 주선으로 잡지 《나비르 다르장(Le Navire d'Argent)》에 《남방우편기》의 초고격인 단편소설 〈비행사(L'Aviateur)〉를 발표했다. 큰누나 마리 마들렌이 죽었다. 툴루즈로 가서 라테코에르 항공사에 입사, 영업부장 디디에 도라와 동료 비행사인 장 메르모즈, 앙리 기요메를 만났다. 그들의 조언을 받아 툴루즈-알리칸테(스페인) 노선의 첫 우편비행에 성공했다. 라테코에르 항공사가 이름을 '아에로포스탈'로 변경했다.

1927년 6개월간 툴루즈–카사블랑카–다카르 정기노선을 누볐다. 이때 기요메의 조종으로 카사블랑카–다카르 사이를 날다가 비행기 부품인 크랭크암이 부러져서 사막에 불시착, 권총을 들고 두려움에 떨며 밤새 구조를 기다린 적이 있었다. 10월 모로코 남부의 기항지 캅쥐비(스페인령 사하라 사막)의 책임자로 파견되었다. 아에로포스탈의 장거리 운항 조종사들이 휴식을 취하는 중간기착지였는데, 주 업무는 불시착해서 원주민 모로족에게 납치된 조종사들을 구조하는 일이었다. 앙투안은 외출도 자유롭지 않고 비행기도 주1회밖에 오지 않는 고독한 사막에서 18개월간 지내면서, 협상을 위한 아랍어를 공부했고, 아프리카여우를 길들였고, 〈남방우편기〉를 썼다.

1928년 프랑스로 귀국, 브레스트에서 고급 비행사 면허를 취득했다.

1929년 갈리마르 출판사에서 《남방우편기(Courrier Sud)》를 발표했다. 9월 부에노스아이레스의 '아에로포스탈 아르헨티나'에 파타고니아 노선의 개발과장으로 발령 받아 이미 그곳에 가 있던 메르모즈, 기요메와 합류했다. 신항로 개척은 짜릿하지만 고독한 작업이었던 만큼, 앙투안은 외로움과 권태로움에 힘겨워하며 틈틈이 〈야간비행〉을 썼다.

1930년 민간항공 부문의 공로를 인정받아 레지옹 도뇌르 훈장(기사 등급)을 받았다. 6월 기요메가 안데스산맥 횡단 중 행방불명되어 닷새 동안 수색했는데, 얼마 후 기요메가 스스로 살아 돌아왔다. 아르헨티나를 떠나기 몇 주 전 가을, 작은 체구의 갈색머리 미망인 콘수엘로

고메즈 카릴로(본명 콘수엘로 순신 산도발)를 만났다. 앙투안은 과테말라 국적의 외교관이자 화가이자 문인이자 사교계의 여왕인 그녀에게 반해서 서둘러 청혼했다.

1931년 1월 프랑스로 돌아와서, 4월 가족들의 반대를 무릅쓰고 아게 성당에서 콘수엘로와 결혼했다. 7개월의 짧은 연애를 거친 개성 강한 두 사람의 결혼은 싸움과 화해의 연속이었으니, 앙투안은 콘수엘로의 열정을 힘겨워했고, 콘수엘로는 조종사 남편의 부재와 직업적 위험성에 항상 마음을 졸였다. 5월 카사블랑카-포르테티엔 사이의 야간 시험비행으로 프랑스-남아메리카 신항로를 개척했다. 10월 앙드레 지드가 서문을 쓴 《야간비행(Vol de nuit)》을 출간했다. 문단은 '비행기 조종사의 독창적 경험담일 뿐 문학은 아니다'라고 폄하했지만, 12월 페미나상(프랑스의 권위 있는 문학상)을 받으며 여러 나라로 번역 출간 및 영화화되었다.

1932년 아에로포스탈이 문을 닫았다. 앙투안은 시험비행사와 공습 조종사로 남는 한편 일간지 《파리 수와르》의 특파원으로 일했는데, 시험비행 중 생라파엘 만 부근에서 추락했다.

1933년 프랑스가 모든 항공사를 통합해서 '에어프랑스'를 창립하자 입사하려 했으나 실패했다. 《야간비행》이 미국에서 당대 최고의 배우 클라크 게이블 주연으로 제작되었다.

1934년 에어프랑스 홍보실에 입사했다. 《남방우편기》의 시나리오를 쓰고 직접 조종사 역할로 출연했다.

1935년 《파리 수와르》의 특파원으로 모스크바에 체류하며 탐방기사를 썼다. '가장 좋은 친구' 레옹 베르트를 만났다. 12월 파리-사이공 노선의 비행시간 갱신에 나섰다가 정비사 앙드레 프레보와 함께 리비아 사막에 불시착했다. 닷새간 사막을 배회하고 물까지 다 떨어져서 죽는구나 절망했을 때, 베두인 카라반(상인단)에게 발견되어 구출되었다.

1936년 알렉산드리아를 거쳐 귀국했다. 8월 《앵크랑시장》의 특파원으로 스페인 내전을 취재했는데, 이때 인간의 조건과 의미에 대해 깊이 고찰했다. 〈성채〉를 쓰기 시작했다. 남대서양에서 메르모즈가 실종되자 라디오와 언론에 기사를 보냈다.

1937년 톰북투-카사블랑카-다카르 직항노선을 시험비행했다. 6월 스페인 내전을 재취재해서 《파리 수와르》와 《앵크랑시장》에 보냈다.

1938년 뉴욕-푼타아레타스(칠레) 노선을 운항하다가 비행기가 추락, 다리를 절단해야 할 정도의 심각한 중상을 입었는데 별거 중이어서 고향에 머물고 있던 콘수엘로가 달려가 극구반대하고 간호했다. 퇴원 후 프랑스로 귀국해서, 스페인 내전 취재 때 생각했던 것들을 〈인간의 대지〉로 쓰기 시작했다.

1939년 파리로 돌아와 《인간의 대지(Terre des hommes)》를 출간했다. 이 책으로 5월에 두 번째 레지옹 도뇌르 훈장을 받고, 6월에 아카데미프랑세즈의 소설분야 그랑프리를 수상했다. 미국에서 《바람과 모래와 별들》이라는 제목으로 번역 출간되고 영화화되어 미국을 여행하다가, 유럽에 전운이 감돌자 8월 급히 귀국했다. 9월 4일 제2차 세계대전이 터지자 공군 대위로 툴루즈 몽트랑의 기술교육대에 소집되었다. 비행사 지원에서는 신체검사에 불합격했지만, 기어이 33비행정찰대 2팀에 배속되었다.

1940년 5월까지 각종 작전에 참여하다가, 아라스 상공 비행 중 독일의 공격으로 비행기가 벌집이 되고 간신히 귀환했다. 6월 독불 휴전으로 징집이 해제되자 마르세유로 돌아가 〈성채〉 집필을 이어갔다. 10월 미국 출판사의 초청을 받는데, 11월 앙리 기요메가 지중해 상공에서 영국 비행기로 오인받아 이탈리아 전투기에 격투되었다는 소식을 듣자, 12월 뉴욕으로 떠났다. 처음에는 미국에 몇 주만 머무를 계획이었는데, 프랑스가 독일에게 점령되자 망명이 되었다. 엉뚱하게 신형 잠수기계를 발명하는 등의 활동을 해서 FBI 요주의 대상 명단에 오르기도 했지만, 워낙 영화 《야간비행》의 대중적 인기가 높아서 스타로 대접받았고 클라크 게이블, 그레타 가르보, 찰리 채플린, 마를렌 디트리히 등의 대스타들과도 자주 만났다. 그런데 '문체를 해칠 수 있다'면서 끝내 영어를 배우지 않았다.

1941년 LA에서 수술을 받고 회복기 8개월을 보내면서, 아라스 상공에서 비행기가 벌집이 되었던 아찔한 순간을 〈전투 조종사〉로 써내려갔다. 미국 출판사들은 생텍쥐페리의 신간을 위해 기꺼이 거액의 선금을 지불했다.

1942년 《전투 조종사(Pilote de guerre)》가 미국에서 《아라스로의 비행(Flight to Arras)》이라는 제목에 베르나르 라모트의 삽화를 곁들여

번역, 출간되었다. 프랑스에서도 출간되었지만 이듬해 점령국 독일에 의해 판매가 금지된다. 여름에 롱아일랜드 베빈하우스에 자리를 잡고 〈어린 왕자〉를 집필했다. 생텍쥐페리의 뉴욕 생활은 매우 풍족하고 화려했지만, 그는 늘 '미국에 거주하는 프랑스인의 분열(비시정권 지지파와 드골정권 지지파의 충돌)에 이용당하고 있다'고 느꼈기 때문에, 연합군이 북아프리카에 상륙하고 3주 뒤인 11월 20일 '생텍스'라는 이름으로 라디오 방송에 출연해서 프랑스 국민의 단결을 호소했다. 12월 《뉴욕 타임스》에 '모든 곳에 있는 프랑스 사람들에게'라는 공개서한을 발표하고 2/33비행중대에 합류하려고 노력했다. 실비아 해밀턴에게 보내는 편지에 '나의 가장 큰 잘못은 내 동족이 전쟁으로 죽어가는 동안 미국에서 살고 있는 것'이라고 썼다.

1943년 2월 《어느 볼모에게 보내는 편지(Lettre à un otage)》를 출간했다. 4월 6일 뉴욕의 레이날 앤드 히치콕 출판사에서 《어린 왕자(Le Petit Prince)》를 영역본과 프랑스어본으로 동시 출간했다. 5월 전쟁이 재개되자 3주간 배를 타고 대서양을 건너서 모로코 우지다에 있는 미군 지휘하 비행편대에 들어갔다. 하지만 미국 최신예 전투기 록히드 P38을 몰면서 영어를 못 해서 항공관제사와 무전연락을 못 했고 고도 입력 오류(1만 피트를 1만 미터로 착각) 등의 치명적 실수를 연발, 결국 7월에 론강 상공 정찰비행 후의 착륙 사고로 해고되었다. 8월 알제의 친구 집에 머물며 《성채(Citadelle)》 원고를 수정하고 제트엔진을 연구했으며, 끈질기게 청원해서 '5회만 비행한다'는 조건으로 2/33비행정찰대에 재배속되었다.

1944년 2/33비행정찰대가 코르시카의 바스티아-보르고 기지로 이동했다. 7월 31일 오전 8시 25분 총 6시간의 연료를 채우고 비무장으로 단독비행에 나섰다. 이미 5회를 훌쩍 넘긴 8번째의 비행으로, 보름 후에 있을 프로방스 상륙 작전에 쓰일 지역 상세 지도 제작을 위한 것이었다(론 계곡-안시-그르노블-프로방스를 거쳐 돌아오는 일정). 하지만 앙투안의 비행기는 오후 2시 반 교신이 끊기고 실종되었다. 목격자들은 코르시카 수도에서 100킬로미터 떨어진 프랑스 남부 해안에서 독일 전투기에 의해 격추되는 것을 보았다고 증언했다.

1945년 7월 31일 스트라스부르에서 추도식이 거행되었다.

1946년 6월 프랑스 갈리마르 출판사에서 《어린 왕자》를 출간했다.

1948년 국가에서 그의 죽음을 '프랑스를 위한 죽음'으로 인정했다.

1998년 9월 마르세유 먼 바다에서 한 어부의 그물에 생텍쥐페리의 이름이 새겨진 팔찌가 걸려 올라왔다.

2000년 생텍쥐페리의 정찰기로 추정되는 비행기 잔해가 발견되었다.

2004년 4월 7일 프랑스 공군이 '전해 가을 리우섬 근방에서 발견된 P38이 생텍쥐페리 비행기의 잔해로 판명되었다'라고 발표했다.

2008년 당시 참전했던 독일군 조종사 호르스트 리페르트가 '내가 생텍쥐페리의 정찰기를 격추시켰다'라고 주장했는데, 증거는 제시되지 않았다.

더클래식 세계문학 컬렉션 미니북

1 **노인과 바다** | 어니스트 헤밍웨이
1953년 퓰리처상 수상작 / 1954년 노벨 문학상 수상
미국대학위원회 선정 SAT 추천도서

2 **동물 농장** | 조지 오웰
미국대학위원회 선정 SAT 추천도서 / 〈타임〉 선정 현대 100대 영문소설
한국 문인이 선호하는 세계명작소설 100선 / 서울시 교육청 추천도서
논술 및 수능에 출제된 책(1998~2005)

3 **어린 왕자** | 앙투안 드 생텍쥐페리
전 세계 1억 부 이상 판매 기록 / 16개국 언어로 번역

4 **사람은 무엇으로 사는가**(톨스토이 단편선 1) | 레프 니콜라예비치 톨스토이
영어권 문학가들이 가장 좋아하는 작가 / 전 세계 거의 모든 언어로 번역된 필독서

5 **젊은 베르테르의 슬픔** | 요한 볼프강 폰 괴테
세기의 철학가와 문인들의 찬사를 받은 대표작

6 **독일인의 사랑** | 프리드리히 막스 뮐러
잊히지 않는 낭만적 사랑의 향기
독일 낭만주의 시인 막스 뮐러의 유일 순수문학 작품

7 **이방인** | 알베르 카뮈
노벨 연구소 선정 최고의 세계문학 100선 / 1957년 노벨 문학상 수상작
대한민국 명사 101인의 대표 추천작 / 연세대학교 필독도서
미국대학위원회 선정 SAT 추천도서 / 〈타임〉 선정 세상을 움직인 책 100권

8 **위대한 개츠비** | 프랜시스 스콧 피츠제럴드
〈타임〉 선정 현대 100대 영문소설 / 어니스트 헤밍웨이가 인정한 완벽한 일급 작품
20세기 100대 영문소설 1위 / 미국대학위원회 선정 SAT 추천도서

9 이상한 나라의 앨리스 | 루이스 캐럴
난센스와 판타지의 대표작 / 아카데미 '미술상' 수상한 영화의 원작
19세기 가장 유명한 영국 아동문학 작가

10 거울나라의 앨리스 | 루이스 캐럴
난센스와 판타지의 대표작《이상한 나라의 앨리스》속편
거울 속으로 떠난 앨리스의 두 번째 모험 이야기

11 데미안 | 헤르만 헤세
1946년 노벨 문학상 수상 작가 / 20세기 일대 센세이션을 일으킨 성장 소설의 고전
서울시 교육청 추천도서

12 수레바퀴 아래서 | 헤르만 헤세
대한민국 명사 101인의 대표 추천작
헤르만 헤세의 사춘기 시절 경험을 바탕으로 한 자전적 소설
1946년 노벨 문학상 / 국립중앙도서관 선정 청소년 권장도서

13 싯다르타 | 헤르만 헤세
대한민국 대표 시인 장석남이 강력 추천한 작품
출간과 동시에 10만 부가 넘게 판매된 역작
진정한 자아를 깨닫기 위해 고뇌하던 헤르만 헤세의 자전 소설

14 크눌프 | 헤르만 헤세
1946년 노벨문학상 수상 작가
8년에 걸쳐 완성된 '젊은 헤세'의 치열한 삶이 엿보이는 작품

15 청춘은 아름다워 | 헤르만 헤세
1946년 노벨문학상 수상 작가 / 헤르만 헤세가 추억하는 서툰 사랑의 이야기

16 햄릿 | 윌리엄 셰익스피어
대한민국 명사 101인의 대표 추천작 / 서울대학교 권장도서 100선
서울대학교 동서고전 200선 / 연세대학교 필독도서
미국대학위원회 선정 SAT 추천도서 / 국립중앙도서관 선정 청소년 권장도서

17 리어 왕 | 윌리엄 셰익스피어
대한민국 명사 101인의 대표 추천작 / 서울대학교 권장도서 100선

18 **맥베스** | 윌리엄 셰익스피어
서울대학교 권장도서 100선 / 연세대학교 필독도서
미국대학위원회 선정 SAT 추천도서 / 국립중앙도서관 선정 청소년 권장도서

19 **오셀로** | 윌리엄 셰익스피어
〈뉴스위크〉 선정 100대 명저 / 서울대학교 권장도서 100선

20 **로미오와 줄리엣** | 윌리엄 셰익스피어
서울대학교 동서고전 200선 / 칼리지보드 선정 고교생 필독서 101권

21 22 **이솝 이야기 1 ~ 2** | 이솝
어린이독서위원회, 서울독서교육연구회 권장도서

23 24 25 **피터 래빗 이야기 1 ~ 3** | 베아트릭스 포터
세상에서 가장 사랑받는 토끼 이야기 / 자연 보호와 동물 존중 사상이 담긴 작품

26 **예언자** | 칼릴 지브란
법정 스님이 마지막까지 머리맡에 남겨둔 책

27 **벤자민 버튼의 시간은 거꾸로 간다**(피츠제럴드 단편선 1)
| 프랜시스 스콧 피츠제럴드
전미비평가협회 선정 '톱 10 작품' 영화 〈벤자민 버튼의 시간은 거꾸로 간다〉의 원작

28 **광란의 일요일**(피츠제럴드 단편선 2) | 프랜시스 스콧 피츠제럴드
2013년 화제의 영화 〈위대한 개츠비〉의 작가 피츠제럴드 단편선

29 **야간 비행** | 앙투안 드 생텍쥐페리
1931년 페미나 문학상 수상 / 작가의 경험이 들어간 직업 소설

30 **하늘과 바람과 별과 시** | 윤동주
요절한 천재 민족 시인의 유고시집 / 대중성과 문학성을 겸비한 시인 김경주 추천작

31 **오즈의 마법사 1 – 오즈의 위대한 마법사** | 라이먼 프랭크 바움
미국대학위원회 선정 SAT 추천도서 / 연세대학교 필독도서
국립중앙도서관 선정 우수 번역서

32 **오즈의 마법사 2 – 환상의 나라 오즈** | 라이먼 프랭크 바움
미국대학위원회 선정 SAT 추천도서 / 국립중앙도서관 선정 우수 번역서

33 **오즈의 마법사 3 – 오즈의 오즈마 공주** | 라이먼 프랭크 바움
미국대학위원회 선정 SAT 추천도서 / 국립중앙도서관 선정 우수 번역서

34 **인간 실격** | 다자이 오사무
교육과학기술부 산하 사단법인 한국교육지원회 선정 아침독서 10분 운동 필독서

35 **마지막 잎새**(오 헨리 단편선) | 오 헨리
서울대학교 · 연세대학교 권장도서 / 서울시 교육청 권장도서
EBS 주최 북퀴즈 왕 선발 추천도서

36 **탈무드** | 유대교 랍비
5천 년에 걸친 유대인의 지혜가 담긴 책 / 서울대학교 지정 수능필독도서
포스코 교육재단 선정 초등학교 필독도서 / 경북교육청 선정 청소년 권장도서
백인제기념도서관 교양도서

37 **변신**(카프카 단편선) | 프란츠 카프카
소외된 인간이었던 작가의 갈등과 고독을 반영 / 서울대학교 추천도서 100선
명사 101명이 추천한 파워클래식

38 **삶이 그대를 속일지라도**(푸시킨 시선집) | 알렉산드르 푸시킨
러시아 리얼리즘 문학의 선구자이자 러시아 국민시인 푸시킨의 대표 시선집

39 **자기만의 방** | 버지니아 울프
20세기 페미니즘 비평의 선구자 버지니아 울프의 수필집
국립중앙도서관 선정 권장도서 / 서강대학교 권장도서 100선

40 **크리스마스 캐럴** | 찰스 디킨스
셰익스피어와 함께 영국을 대표하는 작가 찰스 디킨스의 중편소설
'책으로 따뜻한 세상 만드는 교사들(책따세)' 권장도서

41 **검은 고양이**(포 단편선) | 에드거 앨런 포
포 최고의 미스터리 세계를 보여 준 호러 문학의 걸작

42 **외투 · 코**(고골 단편선) | 니콜라이 바실리예비치 고골
러시아 사실주의 문학의 지평을 연 작품

43 **좁은 문** | 앙드레 지드
교육과학기술부 산하 사단법인 한국교육지원회 선정 아침독서 10분 운동 필독서

44 **깨끗하고 밝은 곳**(헤밍웨이 단편선) | 어니스트 헤밍웨이
국립중앙도서관 선정 권장도서 / 남산도서관 선정 권장도서

45 **세 가지 질문**(톨스토이 단편선 2) | 레프 니콜라예비치 톨스토이
영어권 문학가들이 가장 좋아하는 작가 / 전 세계 거의 모든 언어로 번역된 필독서

46 **갈매기**(체호프 희곡선 1) | 안톤 체호프
미국대학위원회 선정 SAT 추천도서 / 서울대학교 권장도서 100선

47 **바냐 아저씨**(체호프 희곡선 2) | 안톤 체호프
서울대학교 권장도서 100선 / 노벨 문학상 수상자 네이딘 고디머, 앨리스 먼로의 표본

48 **개를 데리고 다니는 여인**(체호프 단편선 1) | 안톤 체호프
서울대학교 동서고전 200선 / 노벨연구소 선정 세계문학 100선

49 **귀여운 여인**(체호프 단편선 2) | 안톤 체호프
노벨연구소 선정 세계문학 100선

50 **지킬 박사와 하이드** | 로버트 루이스 스티븐슨
2004 한국 문인들이 선호하는 세계명작소설 100선
브로드웨이 뮤지컬 역사상 가장 아름다운 스릴러 〈지킬 앤 하이드〉 원작

51 **겨울 왕국**(안데르센 단편선) | 한스 크리스티안 안데르센
어린이문학에 꽃을 피운 불멸의 작가 / 세계를 움직인 100권의 책 선정
노벨연구소 선정 세계 100대 문학 작품

52 **성냥팔이 소녀**(안데르센 단편선 2) | 한스 크리스티안 안데르센
SBS 드라마 〈신의 선물-14일〉 메인 테마 도서
어린이문학의 꽃을 피운 불멸의 작가

53 **예수의 생애** | 찰스 디킨스
2014년 개봉 〈선 오브 갓〉 원작 / 종교철학자 헤겔의 사상을 만든 고전
대문호 찰스 디킨스의 숨은 명작

54 **셜록 홈즈 1 – 주홍색 연구** | 아서 코난 도일
영국 BBC 제작, KBS 방영 〈셜록 홈즈〉의 원작
대한민국 대표 추리 소설가 백휴의 작품 해설 수록

55 **셜록 홈즈 2 – 네 개의 서명** | 아서 코난 도일
영국 BBC 제작, KBS 방영 〈셜록 홈즈〉의 원작
대한민국 대표 추리 소설가 백휴의 작품 해설 수록

56 **셜록 홈즈 3 – 배스커빌 가의 개** | 아서 코난 도일
영국 BBC 제작, KBS 방영 〈셜록 홈즈〉의 원작
대한민국 대표 추리 소설가 백휴의 작품 해설 수록

57 **셜록 홈즈 4 – 공포의 계곡** | 아서 코난 도일
영국 BBC 제작, KBS 방영 〈셜록 홈즈〉의 원작
대한민국 대표 추리 소설가 백휴의 작품 해설 수록

58 **신데렐라**(샤를 페로 단편선) | 샤를 페로
2014 인기 영화 〈말레피센트〉의 원작 / 프랑스 문학에 '환상 동화' 장르 구축

59 **미녀와 야수**(보몽 단편선) | 잔 마리 르 프랭스 드 보몽
변신 모티프의 전형을 완성한 명작 고전
미야자키 하야오와 디즈니 애니메이션, 영화 등의 원작

60 **피노키오** | 카를로 콜로디
월트 디즈니 인생 최고의 애니메이션으로 재탄생 / 260개 언어로 번역된 교훈적 내용
스티븐 스필버그 감독의 2001년작 〈A.I〉의 모티브

61 **정글북** | 러디어드 키플링
영미권 작품 최초, 최연소 노벨 문학상 수상작 / 정글의 생명력을 담은 자연친화적 작품
작가의 아버지 존 록우드 키플링이 직접 그린 삽화 및 기타 삽화가들 그림 삽입

62 **별**(도데 단편선 1) | 알퐁스 도데
자연주의와 인상주의의 절묘한 조화 / 서정적인 감수성과 아름다운 문체
부산시 교육청 선정 중학생 권장도서 / 포스코 교육재단 선정 중학생 필독도서

63 **보이첵**(뷔히너 단편선) | 게오르그 뷔히너
세계 최초로 한국에서 뮤지컬화된 〈보이첵〉의 원작

64 **세상을 보는 지혜** | 발타자르 그라시안 · 쇼펜하우어
세기를 아우르는 저명한 철학자가 쓰고 철학자가 옮긴 대표적인 작품
세상을 살아가는 데 꼭 필요한 빛나는 지혜를 전수해주는 인생 처세서

65 **마지막 수업** (도데 단편선 2) | 알퐁스 도데
중 · 고등학교 국어 교과서 수록 작품 / 교육청 선정 청소년 권장도서 100선

66 67 68 **오만과 편견 1 ~ 3** | 제인 오스틴
서울대학교 동서고전 200선 / 연세대학교 필독도서 / 세인트존스대학교 권장도서
〈텔레그라프〉 완벽한 도서관을 위한 권장도서 100 / 〈가디언〉 권장도서
미국대학위원회 선정 SAT 추천도서 / 국립중앙도서관 선정 청소년 권장도서

69 70 **키다리 아저씨 1 ~ 2** | 진 웹스터
출간 이래 100년 동안 사랑받아 온 스테디셀러
세상의 편견을 뛰어넘은 편지 형식 소설의 대명사

71 72 **그리스인 조르바 1 ~ 2** | 니코스 카잔차키스
미국대학위원회 선정 SAT 추천도서 / 한국간행물윤리위원회 선정 권장도서
한국출판인회의 출판인이 선정한 100권의 도서

73 74 **월든 1 ~ 2** | 헨리 데이비드소로
미국대학위원회 고교추천도서 101 / 미국대학위원회 선정 SAT 추천도서

75 76 **1984 1 ~ 2** | 조지 오웰
〈타임〉 선정 세상을 움직인 책 100권 / 세계 3대 디스토피아 미래 소설
〈가디언〉 권장도서 / 〈텔레그라프〉 완벽한 도서관을 위한 권장 도서 100
뉴욕 공립도서관 추천도서 / 하버드 대학생이 가장 많이 산 책 1위

77 78 **오페라의 유령 1 ~ 2** | 가스통 르루
대한민국 명사 101인의 대표 추천작 / 서울대학교 권장도서 100선
연세대학교 필독도서 / 미국대학위원회 선정 SAT 추천도서 / 〈가디언〉 권장도서
세인트존스대학교 권장도서 / 논술 및 수능에 출제된 책(1998~2005)

79 80 **도리언 그레이의 초상 1 ~ 2** | 오스카 와일드
미국대학위원회 고교 추천도서 101 / 대한민국 명사 101의 대표 추천작

81 82 83 **두 도시 이야기 1 ~ 3** | 찰스 디킨스
영국이 낳은 가장 위대한 소설가 / 영화 〈다크나이트〉의 모티프
미국대학위원회 선정 SAT 추천도서 / 서울시 교육청 선정 청소년 필독도서

84 85 86 폭풍의 언덕 1 ~ 3 | 에밀리 브론테
서울대학교 · 연세대학교 · 고려대학교 권장도서
1940년 아카데미상 최우수작 지명 〈폭풍의 언덕〉 원작

87 88 마음 1 ~ 2 | 나쓰메 소세키
서울대학교 권장도서 100선 / 일본의 셰익스피어 나쓰메 소세키의 대표작

89 90 천로역정 1 ~ 2 | 존 버니언
《성경》 다음으로 많이 읽힌 기독교 3대 고전 중 하나
2003년 국립중앙도서관 선정 고전 100선

91 92 93 제인 에어 1 ~ 3 | 샬럿 브론테
150년간 사랑받은 로맨스 소설의 고전 / 미국대학위원회 선정 SAT 추천도서
영국 〈가디언〉이 선정한 세계 100대 최고의 소설 / 연세대학교 권장도서
영국 BBC 조사 영국인들이 가장 사랑한 소설 100선
현대 여성들이 가장 사랑하는 필독서

94 95 96 97 곰돌이 푸 1 ~ 4 | 앨런 알렉산더 밀른
2018년 디즈니 애니메이션 곰돌이푸 다시 만나 행복해 원작 동화
마음 따뜻한 시인 곰돌이의 감동적인 성장이야기

98 99 톰 소여의 모험 1 ~ 2 | 마크 트웨인
미국 현대 문학의 효시 마크 트웨인의 대표작
일본 후지 TV 애니메이션 〈톰 소여의 모험〉 원작

100 사슴 | 백석
모더니즘과 이미지즘의 대표 시인 백석의 대표작

• 더클래식 세계문학 컬렉션 미니북은 계속 출간될 예정입니다.

옮긴이 **윤정임**

연세대학교 불어불문학과와 동 대학원을 졸업하였고, 파리10대학에서 문학박사를 취득하였다. 옮긴 책으로는 《사르트르의 상상계》《시대의 초상》《자코메티의 아틀리에》《마지막 거인》 등이 있다.

야간 비행

초판 1쇄 펴낸 날 2025년 11월 30일

지은이 앙투안 드 생텍쥐페리
옮긴이 윤정임
펴낸이 장영재
펴낸곳 (주)미르북컴퍼니
자회사 더클래식
전 화 02-3141-4421
팩 스 0505-333-4428
등 록 2012년 3월 16일(제 313-2012-81호)
주 소 서울시 마포구 성미산로32길 12, 2층 (우 03983)
E-mail sanhonjinju@naver.com
카 페 cafe.naver.com/mirbookcompany
S N S instagram.com/mirbooks

• (주)미르북컴퍼니는 독자 여러분의 의견에 항상 귀 기울입니다.
• 파본은 책을 구입하신 서점에서 교환해 드립니다.
• 책값은 뒤표지에 있습니다.